LES PLUS BE... histoires DU soir

FLEURUS

Choisis l'histoire que tu as envie

de lire !

histoire
1

Un magicien
tête en l'air

Dans les coulisses du cirque règne une drôle d'agitation. Le tour de magie doit commencer d'une minute à l'autre et Amgi le magicien n'est pas prêt : il cherche désespérément sa tête ! Il l'a fait disparaître en répétant son numéro d'illusionniste et il n'arrive plus à mettre la main dessus ! Funambules, clowns et acrobates le regardent s'affoler, amusés par ce costume sans tête qui va et vient à tâtons sous leurs yeux.

De l'autre côté du rideau, dans les tribunes, les enfants s'impatientent :

« Am-gi ! Am-gi ! Am-gi !

— Il faut que tu entres en scène ! intervient Clowline, une jolie clown aux cheveux verts. Je te conduis sur la piste. Tâche de te rappeler où tu as pu mettre ta tête ! »

À peine arrivés dans l'arène, un silence s'installe tandis que des centaines d'yeux s'écarquillent : « Ça alors, il n'a pas de tête ! s'exclame un petit garçon, la bouche pleine de barbe à papa.

— Tu crois qu'Amgi est à l'intérieur du costume ? s'inquiète sa sœur, les lèvres barbouillées de glace à la fraise.

— Fais réapparaître ta tête, Amgi ! »
crient en chœur des enfants excités
par tant de mystère.

À l'aveuglette, le magicien s'avance
lentement vers le public, mais
patatras ! le voilà soudain qui
glisse sur une boule de jonglage
oubliée sur la piste. Les spectateurs
éclatent de rire.

Prudent, Amgi continue d'avancer à quatre
pattes, au grand bonheur des enfants : « Quel
drôle d'animal ! s'écrie l'un.

— On dirait une tortue qui a rentré sa tête ! »
poursuit un autre.

Clowline vient à la rescousse d'Amgi et l'aide à
se relever.

« Alors, tu ne te souviens toujours pas ?
s'enquit-elle. Quelle tête en l'air ! »

À ces mots, Amgi se tourne vers la jeune
fille avec un sourire invisible :

« Vite ! Propulse-moi dans les airs
avec le canon de l'homme volant !

— Avec le canon ? » s'exclame Clowline, mais elle s'exécute aussitôt, sous les yeux des spectateurs intrigués.

L'instant d'après, Amgi fend les airs et atterrit sur la plus haute plate-forme du chapiteau : sa tête est là, qui l'attend ! Il la remet à sa place et, sous les encouragements de la salle entière, se laisse tomber dans le filet, vingt mètres plus bas. Des acclamations saluent son atterrissage : le magicien a retrouvé sa tête !

« Merci, Clowline, dit Amgi, grâce à toi, je me suis rappelé que j'avais laissé traîner ma tête sur la plate-forme des trapézistes ! Tu as raison, je suis vraiment tête en l'air !

— Je n'ai jamais vu quelqu'un d'aussi distrait et d'aussi drôle, lui confie Clowline en riant.

Je crois que tu serais parfait pour le numéro de clown ! »

Le grand cirque
des mers de Chine

Dans les profondeurs de l'océan Indien vivait un poisson bleu appelé le rémora. Il n'était ni beau ni brillant, mais la curiosité faisait scintiller son regard : il rêvait d'explorer le vaste monde.

« Comme j'aimerais partir aux sports d'hiver chez les morues du Canada ou visiter les atolls de Bora-Bora ! Mais c'est trop triste de voyager seul », soupirait-il.

Un jour, une caravane de poissons extraordinaires arriva de l'est, entourée d'une myriade d'étoiles de mer qui illuminaient le cortège.

« Nous sommes le grand cirque des mers de Chine ! annoncèrent des poissons clowns qui ouvraient la marche. Nous avançons vers l'Amérique. Les anguilles de la mer des Sargasses nous ont commandé un spectacle. Nous allons dresser notre chapiteau d'anémones sur leurs immenses prairies d'algues ! »

Le rémora se précipita à la rencontre de la caravane : « Je vous en prie, emmenez-moi ! »

Un poisson-perroquet occupé à jongler avec ses bulles éclata de rire : « Tu es d'une banalité navrante. Qu'as-tu pour plaire au public ? »

Des hippocampes qui caracolaient fièrement ajoutèrent : « Tu gâcherais notre numéro de cavalerie. D'abord, à quoi sert ce disque bizarre fixé sous ton ventre ?

 C'est une ventouse qui… »

Un couple de poissons volants l'interrompit avec mépris : « Ce ridicule accessoire ne vaut pas nos ailes de trapézistes. »

Tout triste, le rémora allait s'éloigner lorsqu'un courant de panique dispersa les poissons moqueurs. Un requin fondait sur la caravane ! Il se passa alors une chose incroyable : au lieu de fuir comme tout le monde, le rémora nagea tranquillement vers le grand prédateur et se fixa par la ventouse sous son ventre. Le requin se mit à tournoyer sur lui-même dans un furieux rodéo, mais rien ne pouvait faire lâcher prise au rémora. Le requin, épuisé, finit par se calmer et exécuta quelques loopings avant de partir se reposer…

Un à un, les poissons du cirque sortirent prudemment de leurs abris.

Ils portèrent le rémora en triomphe sur un lit de bulles et lui dirent avec respect : « Pardonne-nous notre méchanceté. Veux-tu toujours rejoindre nos rangs ?

Tu feras un éblouissant dompteur ! »

Et c'est ainsi que le rémora prit une place d'honneur dans le glorieux cortège du cirque voyageur.

Monsieur P.

P. était un petit homme haut comme trois pommes. Ses parents avaient sans doute jugé que, vu sa taille, une seule lettre suffisait pour son prénom !

Depuis son plus jeune âge, les habitants du village se moquaient de lui.

Au marché, les gens riaient parce qu'il ne pouvait pas atteindre les étals.

Dans les boutiques, les vendeurs s'esclaffaient, car les vêtements qu'il essayait étaient toujours trop grands.

Mais rien n'était pire que les files d'attente : le pauvre bonhomme passait inaperçu et les clients distraits ou mal intentionnés le doublaient sans même s'excuser.

P. avait un seul ami, un petit garçon nommé Florian qui habitait la maison d'à côté.

Il lui raconta sa dernière mésaventure : « Le photographe et ses amis se sont tous mis à rire : sur les photos, on ne voyait que le bout de mon chapeau ! »

Le petit homme soupira, désespéré.

« Si seulement les gens pouvaient arrêter de se moquer de moi !

J'ai une idée ! s'écria soudain le jeune garçon. Fais-moi confiance et tu verras, demain, tout le village te respectera. »

Ce soir-là, les promeneurs qui passèrent devant la maison de P. aperçurent, à travers une fenêtre illuminée, l'ombre d'une gigantesque silhouette.

Le lendemain, la nouvelle se répandit comme une traînée de poudre : P. hébergeait un géant !

Immédiatement, les gens changèrent :

« Bonjour, monsieur P. !

— C'est au tour de monsieur P. !

— Que puis-je faire pour vous, monsieur P. ? »

P. était fou de joie ! Tout le monde s'était mis à le craindre et à le respecter !

Seule Marie-Pierre-Anne, la voisine d'en face, devina que le géant était une supercherie. Elle était bien décidée à éclaircir ce mystère.

Un après-midi où P. était sorti, elle se faufila dans la maison par une fenêtre restée ouverte et patienta jusqu'à son retour, à la nuit tombée. Dissimulée derrière un rideau, elle vit P. s'installer au milieu de la pièce et Florian allumer un énorme projecteur. Aussitôt, une imposante silhouette noire se dessina sur le mur...

Il ne s'agissait pas d'un géant, mais seulement de l'ombre projetée du minuscule bonhomme !

« J'en étais sûre ! s'exclama Marie-Pierre-Anne en sortant de sa cachette.

— Je vous en supplie, implora P., ne dévoilez pas notre secret ! Les gens sont devenus si gentils avec moi !

— D'accord, répondit-elle avec un sourire malicieux. Mais... à une condition : que vous preniez un de mes prénoms, le mien est bien trop long ! »

P. lui sauta au cou, ravi !

Fini les « monsieur P. » : désormais, au village, on l'appellerait

« monsieur Pierre » !

Princesse Framboisine

Il était une fois, dans un lointain royaume, une jolie princesse qui s'appelait Framboisine.

Ses cheveux étaient blonds comme le miel, sa peau rosée comme une dragée et ses yeux brillants et noirs comme de la réglisse.

Le roi Pralin, son père, se désolait qu'elle n'ait toujours pas trouvé d'époux.

« Framboisine, quel prince rêverais-tu d'épouser ?

— Je donnerai mon cœur à celui qui m'apportera le plus délicieux des desserts », répondit Framboisine.

Aussitôt, la nouvelle se répandit dans tout le pays.

Et un beau jour, trois prétendants vinrent se présenter avec leurs pâtisseries, déterminés à séduire la princesse.

Le premier, le prince Gourmand, avait décidé d'impressionner Framboisine par la taille de son gâteau. Une charrette transportait une énorme charlotte aux framboises, en hommage au prénom de la jolie princesse. Framboisine goûta un morceau et fut vite écœurée.

« Il y a beaucoup trop de crème et de sucre !
Je vais être malade si je reprends une
bouchée ! »

Le prince Gourmand avait eu les yeux
plus gros que le ventre de sa princesse et il
repartit, tout penaud.

Le deuxième, le prince Éclair, s'était dit qu'il
allait la séduire avec un gâteau au chocolat.
Malheureusement, il était toujours pressé et avait
confondu pour sa recette le sucre avec le sel.

« Pouah ! Mais quelle horreur ! » s'écria Framboisine.

Le roi le congédia sur-le-champ : « Un prince aussi étourdi ne mérite pas ma fille ! »

Enfin, le troisième prince apparut.

Le prince Macaron s'avança vers la princesse en tenant une boîte sertie de bonbons scintillants comme des pierres précieuses.

Framboisine ouvrit le précieux coffret et découvrit un minuscule biscuit de couleur rose.

Elle osait à peine le manger mais, après un regard vers le prince Macaron, tout ému lui aussi, elle finit par le croquer.

Son père guettait sa réaction.

« Oh père, c'est merveilleux ! Ce biscuit me rappelle ceux que me confectionnait ma marraine, la bonne fée Nougatine !

— Prince Macaron, je vous félicite ! Vous venez de conquérir l'amour de ma chère fille ! » s'exclama le roi Pralin.

Framboisine et Macaron se marièrent et eurent quatre enfants très gourmands : Roudoudou, Berlingot, Meringue et Caramel !

L'ogre des écoles

C'était l'heure de la récréation.

Léa et Noémie jouaient à l'élastique près du banc des maîtresses lorsqu'elles entendirent Hélène, leur institutrice, dire à sa collègue : « Monsieur Controltou passe dans ma classe tout à l'heure. Je me demande à quelle sauce je vais être mangée ! »

L'autre maîtresse lui répondit d'un air grave : « Bon courage, ma pauvre Hélène. »

Le sang des fillettes se glaça dans leurs veines et leurs pieds agiles s'emmêlèrent dans l'élastique.

« Un ogre dans la classe… » frissonna Léa.

« S'il est capable de dévorer la maîtresse, il ne fera qu'une bouchée de nous », gémit Noémie.

Les deux amies répandirent aussitôt la nouvelle à travers la cour. Lorsque la maîtresse ramena ses élèves dans la classe, les cheveux des garçons, ébouriffés par les jeux de la récréation, s'étaient dressés d'épouvante sur leurs têtes… Une minute plus tard, des coups lugubres retentirent à la porte.

Le directeur entra, suivi d'un homme gigantesque dont le ventre rebondissait sous la cravate : « Mes enfants, monsieur Controltou va s'asseoir au fond de la classe pour suivre la leçon avec vous. Soyez sages… »

Ce conseil était inutile. Avec un monstre dans leur dos, les élèves n'avaient guère envie de chahuter ! Ils sentaient le regard de l'ogre leur glacer la moelle épinière…

La maîtresse, plus pâle que d'ordinaire, commença par interroger l'incollable première de la classe : « Deux plus deux, Béatrice ?

Euh… six », bégaya la fillette.

Une lueur de désespoir brilla dans les yeux d'Hélène.

« Les connaissances de cette classe sont bien maigres », dit monsieur Controltou d'une voix caverneuse.

Noémie chuchota à Léa : « Les ogres sont tous pareils. Ils ne trouvent jamais les enfants assez gras à leur goût. »

Les fillettes échangèrent un regard désespéré tandis que la maîtresse poursuivait sa leçon en tremblant un peu.

Soudain, un bruit interrompit le silence inhabituel qui régnait dans la classe.

Les élèves se retournèrent : l'ogre ouvrait les mâchoires dans un bâillement sinistre en découvrant des dents luisantes !

Alors, Arnaud le costaud eut un geste héroïque : il se précipita vers le mangeur de maîtresses et lui ordonna :

« Ne t'approche pas de mes camarades… »

Hélène poussa un cri et s'évanouit. Le monstre attrapa Arnaud par l'oreille et l'entraîna hors de la classe…

« Il va le croquer tout cru ! » murmura Léa.

Quelques instants plus tard, le directeur entra dans la classe, suivi de l'ogre et de sa victime. Quel bonheur ! Arnaud était encore en vie. La maîtresse venait justement de reprendre ses esprits.

Monsieur Controltou s'adressa alors à la classe d'un ton bienveillant : « Je ne suis pas un ogre, mais un inspecteur. Je passe dans les écoles pour donner des bonnes notes aux bonnes maîtresses. Si vous aimez la vôtre, laissez-la reprendre sa leçon… et ne craignez rien : je n'ai pas vraiment faim ! »

Chut !
On veut
dormir !

Il y a fort longtemps, en Australie, vivait un drôle d'oiseau à tête bleue. Il s'appelait Gaspard, le casoar.

Gaspard était un grand bavard : « Et patati ! Et patata ! »

Il n'avait jamais sommeil et il jacassait toute la journée… et toute la nuit ! Quand il était vraiment fatigué, il s'arrêtait quelques instants, fermait les yeux puis reprenait la conversation presque aussitôt. Les autres animaux de la forêt n'avaient jamais le temps de se reposer.

Bientôt, ils furent tous si fatigués qu'ils cherchèrent une solution.

« Bouchons-nous les oreilles avec du coton, proposa le koala.

— Mes oreilles sont trop petites, se plaignit le magnifique oiseau de paradis.

— Si on comptait les moutons ? suggéra l'écureuil volant.

— Ah non ! protesta le perroquet-hibou. J'ai déjà essayé et cela n'a pas marché.

— J'ai peut-être une idée, dit l'ornithorynque avec son nez plat comme un gros bec de canard. Mais pour réussir, il faut que je monte dans cet arbre.

— Je vais t'aider ! répondit le koala. Grimpe sur mon dos ! »

Et c'est ainsi que, pour la première fois de sa vie, l'ornithorynque monta dans un arbre. Il s'assit sur une branche et attendit.

Lorsque Gaspard vint à passer, l'ornithorynque se laissa tomber sur lui et, avec son nez en forme de bec, il l'assomma pour de bon !

Sous le choc, Gaspard s'endormit aussitôt… pour plusieurs heures, et tous les animaux purent enfin se reposer.

À son réveil, Gaspard avait un peu mal à la tête.

« Je suis désolé d'avoir tapé très fort, lui expliqua l'ornithorynque, mais il fallait que tu te taises un moment !

— J'ai compris la leçon », répondit Gaspard qui, finalement, trouvait agréable d'avoir dormi.

Depuis ce jour, Gaspard papote le jour et dort la nuit.

Et, en souvenir de cette journée,

il garde une grosse bosse sur le dessus de sa tête !

La boîte à rires

Un peu de spray nettoyant sur l'écran de sa tête, une dose d'huile sur les articulations des bras et des jambes : comme chaque matin, le petit robot Mécanito fait sa toilette. Soudain, son ami l'oiseau bleu apparaît dans sa chambre.

« Bonjour, Mécanito ! Il faut que je te raconte une blague. Que dit-on à un robot quand il pleut ?

– Euh... Je ne sais pas...

– Attention ! La pluie, ça rouille ! Hi hi hi ! s'esclaffe l'oiseau.

– Qu'est-ce qui t'arrive ? demande Mécanito. Tout ton corps se secoue. Cela a l'air agréable. »

Son ami a encore plus envie de rigoler : « Oh oui ! Rire, c'est génial ! »
Mécanito s'observe devant son miroir.

« Moi, je ne ris jamais... » dit-il d'un air désolé.

L'oiseau redevient sérieux et pose ses petites pattes sur le bras d'acier du robot :
« Ah ! Ton inventeur a dû oublier une option quand il t'a fabriqué. Ce n'est pas très grave, tu sais. »

La journée s'écoule et Mécanito ne parvient pas à s'amuser avec ses copains de l'école des Robots. « À quoi bon ! De toute façon, nous ne savons pas rire... »

Le soir, sa maman remarque que quelque chose ne va pas : « Ton acier est tout froid et le noir de tes yeux n'est pas aussi lumineux que d'habitude. Tu as des soucis, mon p'tit boulon ?

Je voudrais savoir rire moi aussi ! Pourquoi aucun son ne sort de ma bouche quand je suis heureux ? Mon ami l'oiseau bleu m'a dit qu'au pays des hommes tout le monde rit !

Écoute-moi, nous irons demain voir le docteur Bricolo. Il trouvera une solution. »

Le lendemain, le docteur écoute attentivement Mécanito, réfléchit quelques instants et dit : « Je vais t'opérer. Ton visage est parfait tel qu'il est et ton cerveau est très performant. Mais je crois que je peux ajouter quelque chose pour le rire. »

Le jour de l'opération arrive. Mécanito n'est pas très rassuré.

« N'aie pas peur. Je vais t'endormir avec un gaz spécial. Quand tu te réveilleras, ton souhait de connaître le rire sera exaucé... » lui explique le docteur Bricolo.

Mécanito se réveille dans une chambre toute blanche.

Il aperçoit son ami l'oiseau bleu à la fenêtre.

« Coucou, Mécanito ! Ça turbine ? »

L'oiseau déploie ses ailes en les secouant très vite, fait une pirouette et retombe sur le rebord de la fenêtre la tête la première en faisant une grimace.

Mécanito sent quelque chose s'ouvrir au niveau de sa poitrine.

Deux petits volets d'acier s'écartent et un petit oiseau en acier sort en criant : « Hou ! Hou ! »

Au même moment, les deux extrémités de sa bouche remontent vers ses yeux.

C'est extraordinaire !

« Hourra ! Tu as rigolé ! L'opération a réussi ! Bravo, Mécanito ! » hurle son ami l'oiseau.

« Une boîte à rires ! Avec un oiseau qui te ressemble ! Et tu as vu ? Maintenant je sais sourire ! »

L'oiseau bleu gonfle le torse, très fier d'avoir participé à une invention du docteur Bricolo !

Mécanito fit très vite des envieux et désormais, à Zingoville, quand deux robots se croisent et se racontent une blague, il ne faut pas s'étonner de voir surgir un petit oiseau bleu, rose, orange ou vert qui crie :

« Hou ! Hou ! » ou « Hi ! Hi ! » ou « Ha ! Ha ! ».

Zoanne, fille de la pluie

Il était une fois le village de Zimzabu, situé près du désert. Ses habitants, les Zimzabous, étaient inquiets car, depuis des mois, ils n'avaient pas vu une goutte de pluie !

Les cultures mouraient de soif, la rivière s'asséchait… Bientôt, ils n'auraient plus rien à manger ni à boire !

Tous se lamentaient quand un beau jour, la femme du chef du village mit au monde une étrange petite fille : du matin au soir, l'enfant versait des larmes, même en riant !

« Nous t'appellerons *Zoanne,* décida sa mère, ce qui signifie *Fille de la pluie.*

— Grâce à tes larmes, dit son père, nous pourrons arroser la terre et remplir la rivière ! »

Les Zimzabous accueillirent la nouvelle avec joie !

Au fil des années, Zoanne apprit à maîtriser son pouvoir : elle arrosait les plantations avec mesure ; la rivière ne manquait jamais d'eau et ne débordait jamais.

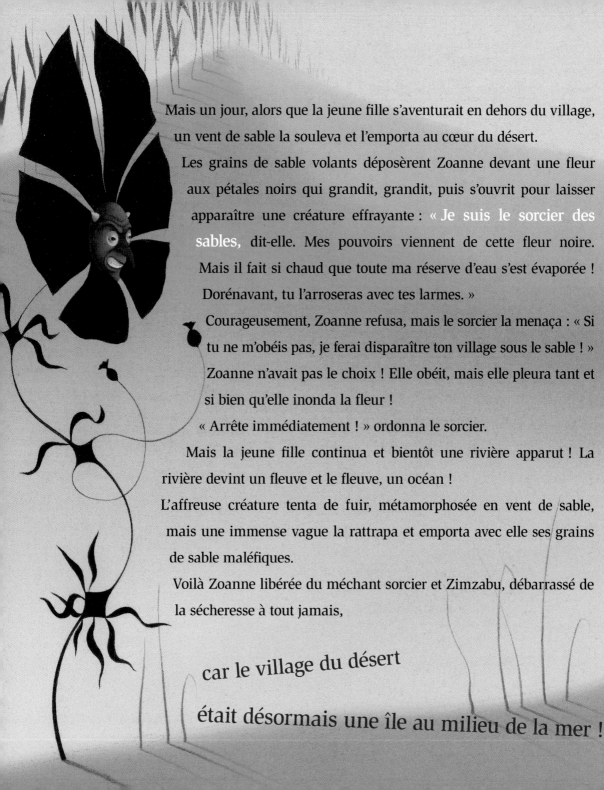

Mais un jour, alors que la jeune fille s'aventurait en dehors du village, un vent de sable la souleva et l'emporta au cœur du désert.

Les grains de sable volants déposèrent Zoanne devant une fleur aux pétales noirs qui grandit, grandit, puis s'ouvrit pour laisser apparaître une créature effrayante : « Je suis le sorcier des sables, dit-elle. Mes pouvoirs viennent de cette fleur noire. Mais il fait si chaud que toute ma réserve d'eau s'est évaporée ! Dorénavant, tu l'arroseras avec tes larmes. »

Courageusement, Zoanne refusa, mais le sorcier la menaça : « Si tu ne m'obéis pas, je ferai disparaître ton village sous le sable ! » Zoanne n'avait pas le choix ! Elle obéit, mais elle pleura tant et si bien qu'elle inonda la fleur !

« Arrête immédiatement ! » ordonna le sorcier.

Mais la jeune fille continua et bientôt une rivière apparut ! La rivière devint un fleuve et le fleuve, un océan !

L'affreuse créature tenta de fuir, métamorphosée en vent de sable, mais une immense vague la rattrapa et emporta avec elle ses grains de sable maléfiques.

Voilà Zoanne libérée du méchant sorcier et Zimzabu, débarrassé de la sécheresse à tout jamais,

car le village du désert était désormais une île au milieu de la mer !

Un croissant brillant

Un matin, Ondine la petite sirène ramassa un étrange coquillage en forme de triangle qui brillait doucement dans le sable. Étonnée de sa découverte, elle décida de la montrer à son ami Bernard-l'hermite.

« Salut, Bernard, regarde le drôle de coquillage que j'ai trouvé. »

Bernard l'examina. « Ce n'est pas un coquillage, Ondine.

Tu en es sûr ?

J'en suis certain. C'est peut-être une pince de crabe ?

Alors, je vais demander à Albert. Il pourra sûrement me dire à qui appartient cette pince. »

Et Ondine fila jusqu'à la maison d'Albert le crabe.

« Regarde, Albert, la drôle de pince de crabe que j'ai ramassée », dit Ondine à son ami.

Albert le crabe tourna le petit triangle brillant dans tous les sens, puis il claqua ses pinces d'un air étonné.

« Non, non, Ondine, ce n'est pas une pince de crabe.

Mais qu'est-ce que c'est alors ?

Je ne sais pas. Une écaille de poisson arc-en-ciel ?

Bon, je vais demander à Gaston. Il me dira qui a perdu cette écaille. »

Et Ondine nagea jusqu'à la maison de Gaston, le poisson arc-en-ciel. Mais Gaston le poisson, lui aussi, dit à Ondine que cet étrange petit triangle doré n'était pas une écaille.

Alors, la petite sirène alla voir Nadine la méduse, Irène l'étoile de mer, Aglaé la raie et même Alphonse l'oursin. Mais aucun d'eux ne reconnut ce petit triangle doré, et personne ne sut d'où il venait.

Le soir tomba. Les rayons du soleil avaient cessé d'éclairer le fond de l'océan, mais le petit triangle brillait toujours dans la main d'Ondine.

Soudain, la sirène entendit des pleurs. Elle regarda autour d'elle : rien.

« D'où viennent donc ces pleurs ? » s'étonna-t-elle.

Et une grosse larme tomba sur sa main. Elle leva la tête et vit la lune qui pleurait à chaudes larmes dans le ciel. Il lui manquait un morceau de son croissant.

Alors, Ondine l'appela : « Lune, ne pleure plus. J'ai retrouvé la pointe de ton croissant. Je vais te la rendre.

Mais comment vas-tu faire, petite sirène ? Je ne sais pas nager et tu ne peux pas voler, répondit la lune dans ses sanglots.

Attends, j'ai une idée ! »

Et Ondine nagea à toute vitesse jusque chez son ami Florian le poisson volant. Elle lui raconta tout.

« En route ! » s'écria-t-il. Ondine grimpa sur son dos et d'un bond, tous les deux s'élancèrent vers la lune ébréchée. En arrivant à ses côtés, Ondine lui tendit la pointe de son croissant, la lune l'attrapa au vol et Ondine replongea au fond de l'eau.

« Merci, petite sirène »,

cria la lune en envoyant un baiser à Ondine.

Et cette fois-ci, la lune pleurait de joie !

Gaston le géant

Il était une fois un garçon qui s'appelait Gaston. Très grand pour son âge, Gaston embêtait souvent les plus petits que lui. Un jour qu'il jouait au ballon, Gaston croisa une toute petite bonne femme. En ricanant, Gaston donna un coup de pied dans le ballon. PAF ! Il atterrit sur la tête de la petite vieille.

Étourdie et furieuse, elle lui cria alors : « Vilain garçon ! Tu te crois fort parce que tu es grand, mais attends un peu ! » Gaston s'éloigna en haussant les épaules. Le lendemain, quand sa maman le réveilla, elle s'écria : « Gaston ! Mais c'est incroyable ! Tu as encore grandi ! »

Gaston baissa les yeux, étonné : les manches de son pyjama lui arrivaient aux coudes, les jambes de son pantalon, aux genoux, et ses pieds dépassaient du lit ! Dans la salle de bains, BING ! Gaston heurta la lampe du plafond avec sa tête ! Il continuait à grandir !

« Mais que m'arrive-t-il ?! » s'écria-t-il, affolé. Il passa un pantalon aussi court qu'un short, un pull grand comme un mouchoir et BANG ! il se cogna au chambranle de la porte en sortant de chez lui. Le temps de traverser le jardin, Gaston était maintenant plus grand qu'un arbre. BOUM ! BOUM ! faisaient ses pas dans la rue. Les immeubles tremblaient sur son passage et les gens, affolés, s'enfuyaient en le voyant arriver. « Appelez la police, au secours, un géant ! »

Gaston, effrayé, s'assit sur un banc. CRAC ! Le siège se brisa sous son poids et Gaston le géant se retrouva par terre. Qu'allait-il faire ?

Soudain, la petite vieille fit son apparition.

« Alors, garnement, tu as compris la leçon ?

— Oui, madame, répondit Gaston en pleurant. S'il vous plaît, rendez-moi ma taille. Je promets d'être un gentil garçon. »

Le ton de la vieille femme s'adoucit : « Bon ! Alors, ferme les yeux et compte jusqu'à trois.

— 1, 2, 3 ! » ZIIIP ! Gaston eut l'impression de faire une descente en ascenseur !

Gaston ouvrit un œil, puis deux. Ouf ! Il avait retrouvé sa taille normale et la petite vieille s'éloigna. Honteux de cette aventure, Gaston se promit de ne plus jamais embêter les plus petits que lui !

Un lutin gourmand

Un jour, alors que Pirlouit le lutin se promenait, il aperçut, posé devant une fenêtre ouverte, un gâteau au chocolat, son dessert préféré. Pirlouit ne put résister à sa gourmandise.

« Je prends juste un petit morceau, se dit-il, on ne s'apercevra de rien. »

Il goûta : « Miam, je n'ai jamais mangé un gâteau pareil ! » Et le lutin reprit un petit morceau : « Oh ! Que c'est délicieux ! » Pirlouit goûta une nouvelle fois, puis encore et encore, jusqu'à terminer le gâteau. Il avait à peine avalé la dernière bouchée qu'il entendit un cri :

« Mon gâteau au chocolat ! »

Pirlouit sursauta et aperçut derrière lui, dans la cuisine, un pâtissier tout pâle, qui le regardait en se tordant les mains.

« Oh, dit Pirlouit, un peu gêné, bonjour ! Je ne savais pas que ce gâteau était à vous, je…

— Qu'as-tu fait, malheureux ! Si je n'apporte pas un gâteau ce soir au roi, il a juré de me jeter aux oubliettes ! s'écria le pâtissier, désespéré. Je n'ai plus le temps ni les ingrédients pour préparer un nouveau dessert. À cause de toi, je suis perdu ! »

Le pâtissier se laissa tomber sur une chaise et se mit à pleurer.

Honteux, Pirlouit se dandinait d'un pied sur l'autre.

« Ne pleure plus, petit pâtissier ! Foi de lutin, je vais t'aider à préparer un nouveau gâteau. »

Et le lutin disparut dans les bois. Lorsqu'il revint, il avait les bras chargés de provisions.

Le pâtissier tremblait. « Il n'est plus temps, petit lutin. Le roi veut son dessert dans une heure. Jamais ton gâteau n'aura le temps de lever !

— Ne t'inquiète pas. Donne-moi un moule et un grand fouet ! Hop ! Je casse trois œufs, j'ajoute une cuillère de miel sauvage, un verre de farine de marguerite, deux gouttes de rosée du matin, trois pincées de poudre de soleil et un flocon de nuage. Je mélange doucement avant d'ajouter de l'élixir de coquelicot. Ah, j'oubliais ! Un souffle de poudre de perlimpinpin pour faire gonfler la pâte. Et voilà ! Le gâteau est prêt ! Tu peux l'apporter au roi. »

N'ayant plus le temps d'hésiter, le pâtissier emporta donc le gâteau au palais du roi. Quand celui-ci le goûta, il le trouva si léger, si sucré et si délicieux qu'il retrouva son cœur d'enfant.

Il serra le pâtissier dans ses bras et, pour le récompenser, le nomma pâtissier du royaume.

Le pâtissier était si heureux en annonçant cette merveilleuse nouvelle à Pirlouit qu'il lui proposa de s'associer à lui.

« Je t'apprendrai à faire des gâteaux au chocolat !

— Et moi, je te donnerai tous les secrets de la farine de marguerite ! » répondit Pirlouit en sautant de joie.

Ensemble, ils inventèrent des recettes extraordinaires et devinrent

les plus grands chefs pâtissiers du royaume !

Frayeur au château

« **B**onne nuit, Mamie !

— Bonne nuit, Armelle ! » répond Mamie en soufflant la bougie avant de sortir de la chambre. Armelle la petite princesse se glisse vite sous les draps, pas très rassurée.

En vacances dans le château de ses grands-parents, sa chambre si grande lui fait toujours un peu peur la première nuit.

Cric, cric ! fait le lit quand elle se retourne. Couic, couic ! fait la porte du placard qui branle. Hou, hou ! fait le vent dans la cheminée. Armelle n'aime pas tous ces grincements et ces courants d'air. Elle remonte la couverture sous son menton. Des ombres inquiétantes dansent sur le mur.

Soudain, Armelle dresse l'oreille. Fffft ! Fffft !

« C'est quoi, ce nouveau bruit ?! »

Armelle jette un coup d'œil apeuré autour d'elle et tout à coup, elle croit apercevoir une forme blanche qui passe devant la fenêtre. Armelle pousse un cri : « Un fantôme ! »

La forme blanche ouvre une grande bouche et hurle à son
tour : « AAAAAAH ! »

Trop, c'est trop ! Armelle bondit de son lit et court attraper la longue
épée de son grand-père suspendue au-dessus de la cheminée. Elle se retourne, claquant
des dents de peur, mais le fantôme semble avoir disparu. A-t-elle rêvé ?

Alors qu'elle baisse les yeux, elle voit quelque chose qui bouge sous son lit. Comme elle est
une princesse courageuse, Armelle lance, le cœur cognant dans sa poitrine : « Fantôme !
Sors de sous ce lit et viens te battre si tu l'oses ! »

C'est alors qu'une petite voix lui répond : « Non, j'ai trop peur de vous… »

Surprise, Armelle se penche et aperçoit, tapi sous le lit, un petit fantôme tout tremblant et
qui claque des dents !

« Qui es-tu ? demande Armelle.

— Je m'appelle Hector, répond le petit fantôme en sortant prudemment la tête. Mes parents
m'ont envoyé en vacances dans ce grand château, mais, tout seul, j'ai peur ! Et je ne
m'attendais pas à tomber sur un humain !

— Ni moi sur un fantôme ! répond Armelle en riant. Eh bien, moi aussi, je suis seule pour
les vacances. Alors, si je ne te fais pas trop peur, reste ici jouer avec moi ! »

Hector accepta et c'est ainsi qu'une petite princesse téméraire et un petit fantôme solitaire
passèrent des vacances extraordinaires !

Les insomnies
du prince Zégulon

Le prince Zégulon, fils du roi Zagazig, était très fatigué, mais n'arrivait jamais à s'endormir. Le matin, lorsque son père l'emmenait à la chasse, Zégulon bâillait si fort qu'il manquait le gibier à chaque coup !

Un jour, Zagazig grommela : « Mauvais chasseur, mauvais roi ! Quand sauras-tu viser juste ?

— Père, je suis épuisé… »

Zagazig réfléchit, et un sourire fleurit sous sa moustache royale : « Quand j'étais petit, je mourais d'ennui à l'école. Je vais embaucher une institutrice. Elle te fera la classe après le dîner. Crois-moi, tu t'endormiras vite ! »

Le soir même, le roi expliqua la situation à la maîtresse et lui ordonna : « Commencez par la grammaire, il n'existe pas de meilleur somnifère !

— À vos ordres, Votre Majesté ! » répondit la maîtresse en souriant.

Au milieu de la nuit, Zagazig fut réveillé par des coups de fusil. Affolé, il se précipita dans la chambre de son fils. Penché à la fenêtre, son arme fumante entre les mains, le petit prince en pyjama scrutait la nuit…

« Que fais-tu ? haleta le roi.

— Je chasse des hiboux rebelles.

— Pardon ? ? ?

— Les mots finissant en « ou » prennent un « s » au pluriel. Seuls quelques insoumis refusent d'obéir à cette règle : les cailloux, les poux, les hiboux… »

Le roi bégaya : « Tu ne peux pas attendre demain pour punir ces hors-la-loi ?

— Voyons, père ! Les hiboux ne sortent que la nuit ! »

Le lendemain, le prince bâillait toujours et le roi lui-même manqua son gibier tant il avait mal dormi. Le soir venu, il ordonna à la maîtresse :

« Essayez une leçon plus ennuyeuse. »

Vers minuit, un galop résonna sous les voûtes du palais. Le roi Zagazig sortit de sa chambre en titubant. Zégulon sillonnait les couloirs sur son poney blanc…

« Tu es fou ? gronda le roi.

— Je traque le chevalier Ornicar.

— Pardon ? ? ?

— C'est le chef d'un groupe de conspirateurs, les « conjonctions de coordination ». La maîtresse m'a révélé leur nom en demandant : " Mais Ou Et Donc Or Ni Car ? "

J'ai relevé le défi, je vais retrouver cette canaille ! »

Avant de repartir au galop, le petit justicier dégaina son épée, et traça sur le mur le « Z » de Zégulon pour signer son passage…

Le lendemain, le roi épuisé dit à l'institutrice : « J'ai eu tort de prendre la grammaire pour un soporifique. Je vous en supplie, tentez quand même d'endormir mon fils ! »

La maîtresse s'inclina.

Lorsque le roi fut sorti, elle dit au prince : « J'ai admiré votre Z gravé sur le mur du couloir. Son seul défaut est d'être à l'envers.

Vous allez copier cent fois l'initiale de votre prénom à l'endroit ! »

Au bout de trois lignes, Zégulon ferma les yeux : tous ces Z alignés évoquaient un ronflement…

« ZZZzzzzzzz ! » se mit-il à siffler doucement.

On n'eut plus qu'à le porter dans son lit à baldaquin, où il dormit jusqu'au matin.

Les robots
contre leurs créateurs

Un jour de l'an 6439, les robots du monde entier défièrent les hommes : « Vous êtes nos inventeurs, mais nous sommes devenus meilleurs que vous dans tous les domaines. Organisons un concours, et que les vainqueurs dominent la Terre ! »

La compétition commença aussitôt par une épreuve sportive : descendre la cascade géante du Niagara, en Amérique. Arnold Muscly, le plus fort des hommes, dut s'accrocher à une corde pour descendre les falaises qui bordaient la cascade et perdit un temps précieux. Warrior, le champion des robots, se laissa tomber du haut des chutes sans même érafler son plastique super-résistant. Les robots avaient gagné la première manche !

Les adversaires se décidèrent ensuite pour un concours de peinture. Les robots choisirent comme représentant une machine japonaise qui pouvait peindre mille voitures en six minutes ! Très fier de son efficacité, Kiwiziki barbouilla un mur blanc d'énormes jets de peinture en une fraction de seconde. En face de lui, maître Tian Yi, le plus grand artiste chinois,

réalisa un éventail aux dessins merveilleux... Les robots durent s'incliner : le chef-d'œuvre se trouvait dans le camp des hommes.

Pour la dernière épreuve, les robots et les hommes se réunirent dans le Sahara et tirèrent au sort une question mathématique : « Combien y a-t-il de grains de sable dans le désert ? » Le robot Calculator se mit aussitôt au travail. Il pesa une poignée de sable, la compara à l'étendue du désert, fit des opérations compliquées et livra son résultat ! Face à lui, un vieux sage africain affirma d'un air pensif : « Les grains de sable du désert sont aussi nombreux que les étoiles du ciel. »

Les robots entourèrent le sage d'un air menaçant : « Ce n'est pas une réponse ! Personne n'a jamais compté les étoiles. »

Le sage hocha la tête en souriant : « Je suis sûr de ce que je dis. Si vous voulez gagner le concours, prouvez-moi que j'ai fait une erreur. »

Aussitôt, sans réfléchir, les robots décollèrent comme des fusées pour aller compter les étoiles ! Mais l'espace est infini : ils ne revinrent jamais de leur exploration.

Grâce à l'astuce d'un vieux sage africain, les hommes restèrent pour toujours les maîtres de la planète.

Le maillot d'Amandine

Amandine était une splendide femelle hippopotame. Elle était potelée de partout et sa peau rosée rendait jalouses toutes ses amies.

Un jour, Amandine trouva dans la savane un magazine oublié par une touriste. Elle s'y plongea avec délectation.

« Se faire belle pour l'été », disait la couverture.

« Jolis maillots pour profiter du soleil ! »

Des heures durant, Amandine feuilleta la revue et regarda attentivement chaque photo.

SOLEILS

45

Amandine avait repéré dans ses pages un ravissant maillot rose qu'elle rêvait de porter pour épater ses amies. Elle le commanda aussitôt au marchand.

Lorsque le maillot de bain arriva enfin, Amandine fut incapable d'y faire entrer son imposant postérieur. Elle décida donc de maigrir sur-le-champ.

Finies les longues siestes dans l'eau ! Amandine fit du sport.

Terminés les repas pantagruéliques ! Amandine ne mangea plus qu'un petit bol d'herbe fraîche et but de l'eau à longueur de journée.

Bientôt, ses amies commencèrent à rouspéter.

« Elle fait sa coquette ! » râlait l'une d'elles.

« Elle ne nous regarde même plus », se plaignait une autre.

« Quelle prétentieuse ! » se moquait une troisième.

Mais Amandine ne les entendait pas.

Perdue dans ses rêves de maillot rose, elle continuait son régime.

Et un jour, ses jolies rondeurs disparurent. On aurait dit une allumette avec une tête d'hippopotame !

Aussitôt, Amandine enfila son minuscule maillot de bain et se dirigea vers la mare pour le faire admirer.

En la voyant si ridicule, les autres hippopotames se mordaient les joues pour ne pas rire.

« Elles me trouvent si belle qu'elles en perdent la voix », pensa Amandine.

Elle releva la tête fièrement et s'approcha de l'eau.

Ses amies ricanaient dans son dos.

« Quelle vilaine silhouette ! » gloussait l'une d'elles.

« Elle ressemble à une frite ! » pouffait une autre.

« Quelle chochotte ! » se moquait une troisième.

Mais Amandine ne les entendait pas.

D'un geste qu'elle voulait gracieux, elle plongea dans la mare… et but la tasse !

Pauvre Amandine ! Elle n'avait pas pensé à cela : en maigrissant, elle avait perdu les rondeurs et les bourrelets qui lui servaient de bouées.

Lorsqu'elle réussit enfin à sortir de l'eau, elle était toute décoiffée et son maillot était couvert de boue.

Cette fois-ci, ses amies ne purent se retenir plus longtemps et éclatèrent de rire ! Amandine se vexa pour commencer mais, lorsqu'elle vit son reflet dans la mare, elle ria aux éclats. Elle avait l'air bien ridicule, en effet.

L'incident fut vite oublié. Amandine retrouva son appétit… et ses kilos ! Quant au petit maillot rose, elle en fit un joli bonnet de bain !

La sorcière Croquignolle

Dans une sombre forêt, chaque jour, la méchante sorcière Croquignolle jouait un vilain tour aux animaux.

« Hé, hé, hé ! Quelle mauvaise farce vais-je leur faire aujourd'hui ? Transformer les noisettes des écureuils en petits cailloux ? Non, je l'ai déjà fait hier. Boucher les terriers des lapins ? Non, je le ferai demain. Hé, hé, hé, ça y est, je sais. Je vais voler quelques œufs d'oiseaux ! »

La sorcière sortit de sa cabane en ricanant… et s'étonna du silence qui régnait dans la forêt. Elle n'entendit aucun lapin détaler dans les fourrés, aucun écureuil se sauver dans les arbres, pas le moindre oiseau chanter pour prévenir les autres de son arrivée. Rien, pas un bruit.

Croquignolle haussa les épaules et s'enfonça dans la forêt.

Au bout d'un moment, elle s'arrêta, inquiète. Non seulement la forêt était silencieuse, mais elle était vide aussi !

« Quel est ce mystère ? grogna la sorcière. Où sont passées toutes ces sales bêtes ? »

Quand la nuit tomba, Croquignolle n'avait ni entendu ni vu aucun animal de la forêt.

Elle se mit au lit, furieuse.

« Ces sales bêtes me jouent un tour, c'est sûr ! » dit-elle avant de s'endormir.

Soudain, un bruit étrange la réveilla. Elle s'assit dans son lit, regarda autour d'elle et poussa un cri. Au clair de la lune, une forme sombre et mystérieuse s'agitait sur le seuil de sa porte ouverte : c'était un monstre bossu, poilu, à huit bras, six pattes et dix têtes ! Quelle horreur !

Croquignolle se recroquevilla sur son lit. Elle tremblait de tous ses membres.

Elle cria : « Ne me faites pas de mal ! »

Le monstre se mit alors à rire. Trois lapins, un écureuil et quatre oiseaux sautèrent de son épaule et le monstre ne garda qu'une tête et deux bras ; une biche descendit de son dos et le monstre perdit quatre pattes. Il ne restait plus que l'ours Gaspard.

« À ton tour d'être attrapée, méchante sorcière !

Cela t'apprendra à nous jouer de vilains tours ! » s'exclamèrent en chœur l'ours Gaspard et ses amis avant de s'en aller.

Et c'est ainsi que Croquignolle, toute honteuse, n'embêta plus jamais les animaux de la forêt.

Le pêcheur et la reine des sirènes

Un matin, François le pêcheur jetait son filet lorsqu'il sentit d'étranges mouvements sous son bateau.

« L'ancre se balance au bout de sa chaîne ! » songea-t-il, étonné.

En hissant l'ancre sur le pont, il y découvrit deux sirènes perchées à chaque extrémité. Elles s'en étaient servies comme d'une balançoire !

Effrayées, elles supplièrent le pêcheur : « Par pitié, relâche-nous ! »

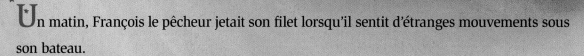

François savait que cette capture aurait pu lui rapporter beaucoup d'or, mais il avait bon cœur et n'hésita pas un instant à leur rendre leur liberté.

Le lendemain, François était encore en mer lorsqu'une tempête se leva. Les vagues balayaient le pont du bateau, le vent déchira ses voiles.

Dans le fracas de l'orage, deux petites voix surgirent des eaux : « Courage, François ! Nous sommes les sirènes sauvées par ta générosité. Nous allons te secourir ! »

Les deux amies plongèrent au fond de l'océan pour aller trouver leur reine dans son palais de corail.

La reine des sirènes était d'une beauté parfaite et sa voix de cristal charmait tous les habitants de la mer. Lorsque les deux sirènes lui eurent expliqué l'affaire, elle accepta de chanter. Aussitôt, la tempête se figea pour l'écouter : le vent retint son souffle, la pluie resta accrochée dans les airs. Une vague haute comme une montagne suspendit sa crête d'écume au-dessus du bateau !

Seulement, François aussi était ensorcelé. Au lieu de profiter du calme pour regagner la côte, il restait accoudé à son mât pour écouter le chant.

Les deux petites sirènes criaient : « Sauve-toi, François ! »

Mais le pêcheur ne les entendait pas...

La reine des sirènes, tout en continuant de chanter, nagea elle-même jusqu'au bateau pour tenter de réveiller François. Lorsqu'elle l'aperçut, elle le trouva si beau qu'elle sentit sa gorge se nouer : son chant s'arrêta, et la tempête se déchaîna alors de plus belle !

Mais François, lui aussi subjugué, n'y prêtait plus aucune attention.

Il cria à la reine des sirènes : « Voulez-vous m'épouser ?

— Malheureusement, une reine ne peut quitter son royaume ! répondit-elle tristement.

— Et si je vous suivais au fond des eaux ? » proposa François.

La vague qui le dominait exauça ce souhait : en déferlant sur le bateau, elle engloutit le pêcheur dans l'océan.

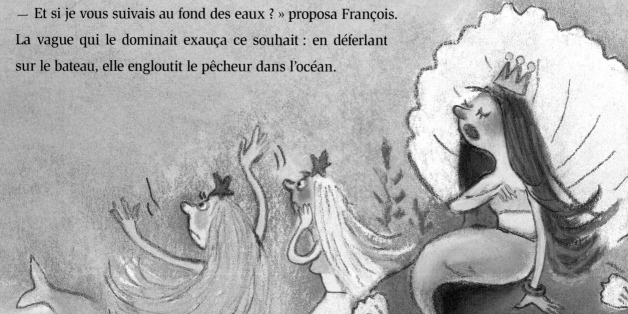

Quelques instants plus tard, François et la reine se présentaient devant la sorcière des fonds sous-marins.

François lui dit : « Puissante sorcière, j'aimerais boire une potion qui me donne une queue de poisson. »

La sorcière grommela dans sa barbe d'algues : « Jadis, une petite sirène voulait des jambes pour épouser un prince terrestre. Aujourd'hui, un pêcheur souhaite rejoindre notre monde maritime.

Les amoureux sont bien capricieux ! »

Et elle prépara sa potion avec un sourire amusé.

Depuis ce jour, les marins qui naviguent sur l'océan entendent parfois, au fond des flots, une musique merveilleuse chantée à deux voix.

C'est que la sorcière a pensé à tout.

En plus d'une queue de poisson, elle a donné à François une voix de baryton, car les chants les plus beaux se chantent en duo…

Bouche cousue

Il était une fois un monstre appelé Glouton. Il n'était pas très méchant, mais il avait un appétit de géant.

Pour le goûter, il pouvait manger une montagne de pâtes haute comme un immeuble de trois étages !

Un jour, il grognait de faim et d'impatience en attendant l'heure du repas, lorsqu'il passa devant une volière abritant des oiseaux au chant merveilleux. Comme leur chair paraissait tendre sous leur plumage multicolore !

N'écoutant que sa gourmandise, le monstre entra dans la cage et avala les oiseaux d'un coup, sans prendre le temps de les croquer.

Malheureusement pour lui, ces oiseaux appartenaient à la fée Mélodie. Lorsqu'elle s'aperçut du silence de la volière, elle entra dans une colère terrible et jeta un sort à Glouton : « Motus et bouche cousue ! »

Aussitôt, le monstre sentit qu'il ne pouvait plus ouvrir sa gueule énorme : elle était cousue d'un bord à l'autre.

La fée n'y avait laissé qu'une fente minuscule pour qu'il puisse grignoter de menus repas !

Glouton était désespéré.

« Je vais mourir de faim ! » gémissait-il à travers sa toute petite bouche.

Soudain, il rencontra un éléphant qui mangeait des feuilles de bananier. Quelles bouchées ridicules pour un animal aussi gigantesque ! Pourtant, celui-ci mâchait avec délices…

« Ce n'est pas la quantité qui compte, mais la qualité », dit-il à Glouton d'un ton plein de sagesse.

Glouton n'était pas d'accord, mais il décida d'essayer. Il avala quelques feuilles, s'en régala, recommença… et goûta ainsi le meilleur repas de sa vie.

Pour la première fois, il prenait le temps de savourer !

À l'intérieur de son estomac, les feuilles de bananier s'amoncelèrent. Les oiseaux ravis s'y firent des petits nids, et ils se remirent à chanter.

En entendant ce concert à travers le ventre de Glouton, la fée Mélodie décousit vite la gueule du monstre.

Les oiseaux, tout joyeux, quittèrent leur abri et Glouton, quant à lui, continua à grignoter des feuilles toute sa vie !

L'attaque des guêpes

Dans la clairière d'une forêt vivait un peuple de lutins joyeux et pacifiques.

Un jour qu'ils étaient allés jouer au toboggan parmi les fougères, ils eurent à leur retour une mauvaise surprise. Leur village vibrait d'un bourdonnement inquiétant.

La troupe des lutins s'arrêta net, le cœur battant…

Une silhouette guerrière sortit de leur souche familière. C'était une guêpe bien plus grande qu'eux, serrée dans son uniforme jaune et noir !

« Nous nous sommes installées chez vous, annonça la terrible ambassadrice. Si jamais vous essayez de nous déloger… »

Elle dégaina son dard sans ajouter un mot.

Les malheureux lutins reculèrent, terrifiés, et coururent
se réfugier dans les sous-bois.

« Il faut résister ! » imploraient Habile et Agile, deux lutins intrépides.

« Jeunes fous ! soupiraient les vieux. Affronter sans armes le dard de nos ennemies ?
Vous ne tenez guère à la vie ! »

Habile et Agile insistèrent : « Présentez-vous devant la souche au coucher du soleil,
laissez-nous faire le reste et soyez confiants ! »

Le soir venu, les guêpes sentinelles sonnèrent le branle-bas en voyant approcher
la foule des lutins. Aussitôt, les combattantes noir et jaune se rassemblèrent dans
leur salle d'armes. Deux guêpes cuisinières faisaient bouillir un chaudron de venin
mortel. Elles étaient drapées dans d'immenses tabliers et coiffées de toques qui
cachaient leur visage…

« Pourquoi ces masques ? interrogea une guerrière
soupçonneuse.

— L'ennemi est à nos portes ! répondirent les fabricantes
de poison. Ne perdez pas de temps en questions
stupides ! »

Les guêpes entourèrent le chaudron, trempèrent
leur dard dans le venin et sortirent en
vrombissant de la souche d'arbre.

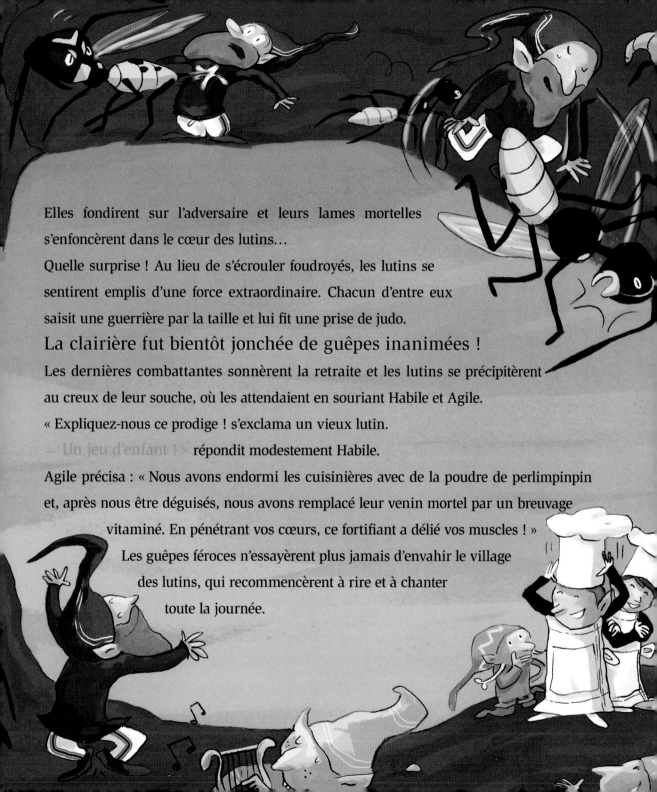

Elles fondirent sur l'adversaire et leurs lames mortelles
s'enfoncèrent dans le cœur des lutins…

Quelle surprise ! Au lieu de s'écrouler foudroyés, les lutins se
sentirent emplis d'une force extraordinaire. Chacun d'entre eux
saisit une guerrière par la taille et lui fit une prise de judo.

La clairière fut bientôt jonchée de guêpes inanimées !

Les dernières combattantes sonnèrent la retraite et les lutins se précipitèrent
au creux de leur souche, où les attendaient en souriant Habile et Agile.

« Expliquez-nous ce prodige ! s'exclama un vieux lutin.

— Un jeu d'enfant ! » répondit modestement Habile.

Agile précisa : « Nous avons endormi les cuisinières avec de la poudre de perlimpinpin
et, après nous être déguisés, nous avons remplacé leur venin mortel par un breuvage
vitaminé. En pénétrant vos cœurs, ce fortifiant a délié vos muscles ! »

Les guêpes féroces n'essayèrent plus jamais d'envahir le village
des lutins, qui recommencèrent à rire et à chanter
toute la journée.

Blanca, la princesse endormie

Il y a bien longtemps, dans un palais aux couleurs du ciel, un roi et une reine vivaient heureux avec leur jolie fille, qu'on baptisa Blanca, parce qu'elle était rousse et blanche comme un nuage de lait.

Hélas, la pauvre Blanca souffrait d'un mal qu'aucun médecin ne savait soigner : la malheureuse sombrait sans raison et à tout moment de la journée dans un sommeil profond.

Ses conversations étaient interrompues au milieu d'une phrase. Pendant les repas, elle s'endormait la fourchette en l'air. Quand on essayait de lui apprendre à coudre un bouton, elle bâillait d'ennui, puis dormait pour de bon, se piquant les doigts avec les aiguilles ! Dans tout le royaume, les prétendants étaient nombreux, mais Blanca était triste, car aucun ne voulait plus l'épouser après l'avoir rencontrée.

Les princes arrivaient au palais, charmés par sa grâce et son teint de lait. Mais quand elle tombait profondément endormie à leurs pieds, tous les princes prenaient leurs jambes à leur cou, effrayés par ce mal digne des pires sortilèges.

Un soir d'hiver, alors qu'elle regardait la lune rousse dans le ciel noir, Blanca entendit tinter la cloche qui annonçait un visiteur. Luttant de toutes ses forces contre le sommeil, elle courut jusqu'au vestibule pour saluer le jeune homme en bâillant : « Bonsoir, jeune chevalier, je suis Blanca, fille du roi… »

Elle n'alla pas plus loin, et tomba profondément endormie !

Mais alors qu'elle rêvait, elle fut surprise de se retrouver nez à nez avec le beau prince qu'elle venait de rencontrer.

« Que faites-vous là, mon prince ? Comment puis-je vous parler, alors que je dors à poings fermés ?

— C'est parce que je dors, moi aussi.

Vous êtes si belle, Blanca, que je rêve de vous.

Je dors, vous dormez, nous rêvons et nous nous retrouvons dans nos rêves. »

Ces mots émurent tant Blanca qu'elle se réveilla en sursaut et se jeta dans les bras de Morphée, le beau chevalier, qui ouvrit les yeux, tout heureux !

Les noces de Blanca et Morphée furent célébrées deux jours plus tard et ce fut le mariage de leurs rêves !

Mystérieuses disparitions

La première fois que c'était arrivé, les chercheurs avaient cru à un coup de malchance. Le robot hypersophistiqué qu'ils avaient envoyé explorer le fond de la mer n'était pas remonté à la surface. En tirant la corde pour le ramener jusqu'au bateau, ils n'avaient rien trouvé au bout. La corde était coupée.

« Elle a dû se prendre dans un rocher et se casser », dit le chef des chercheurs. Mais le lendemain, lorsqu'ils envoyèrent au fond un deuxième robot et que la corde remonta, cassée elle aussi, ils s'inquiétèrent pour de bon.

« Ce n'est pas un rocher, conclut le chef. Ce doit être un monstre. Il faut envoyer Nautica voir ce qu'il se passe.

— Ça ne va pas la tête ! » Les chercheurs se retournèrent, interloqués.

Un grand robot se tenait derrière eux.

« Je ne suis pas fou, reprit-il. Je vous ai entendus. Je n'ai aucune envie de me faire dévorer par un monstre.

— Nautica… supplia le chef.

— Pas question ! dit Nautica en tournant la tête pour bouder.

— Mais tu es le plus intelligent…

— Le plus beau… »

Le robot rougit légèrement.

« Le plus fort, poursuivit le chef. Nous ne pouvons pas descendre aussi profond dans l'océan, tu le sais bien. » Nautica soupira d'un air supérieur.

« Si tu plonges, tu pourras nous dire ce qu'il se passe en bas. » Nautica gratta son menton en acier pour réfléchir.

« J'accepte, à une condition, dit-il.

— Tout ce que tu veux, lui promit le chef.

— Je veux un massage à l'huile de coude tous les jours et des boulons de première qualité pour mes repas.

— C'est d'accord ! » approuva le chef.

Sur ces mots, Nautica plongea et fila droit au fond de l'océan.

Arrivé dans une grotte immense, il vit les deux autres robots qui se faisaient dorloter par une ribambelle de minuscules sirènes. « Encore de la visite ! » dit l'une d'elles en apercevant Nautica. Aussitôt, elle nagea vers le robot, le fit asseoir sur une anémone de mer moelleuse et lui servit une assiette pleine de vieux morceaux de ferraille rouillés à point, trouvés sur une épave.

« Quel paradis !

s'exclama Nautica.

— C'est vrai, dit l'un des robots. Si les hommes l'apprenaient, ils gâcheraient tout. »

Sans hésitation, Nautica tira avec violence sur la corde qui le reliait au bateau. Il voulait faire croire à l'équipage qu'il se battait contre un monstre énorme. Puis, après un long combat imaginaire, il coupa la corde qui remonta sans lui.

Lorsque les chercheurs découvrirent la corde rongée comme les autres fois, ils prirent peur. Ils remirent le moteur de leur bateau en marche et ne revinrent plus jamais dans le coin, laissant Nautica et ses amis profiter de leur paradis sous-marin.

Un cadeau pour la maîtresse

Qu'est-ce que j'ai de la chance d'être dans la classe de mademoiselle Lili ! C'est la plus gentille maîtresse du monde, tous les copains sont de mon avis.

Alors, quand j'ai proposé, quinze jours avant Noël, de lui faire un cadeau, tout le monde a été d'accord ! On a profité de la récréation pour en discuter.

Emma a dit : « On pourrait lui acheter un parfum ? »

Mais Victor a râlé : « Non, c'est un truc de filles !

— Mademoiselle Lili est une fille, je te signale, a répliqué Sarah.

— Si on lui offrait des chocolats ? a suggéré Julie.

— Ce n'est pas assez original, a dit Rachid, et puis elle est peut-être au régime ! »

Lisa a haussé les épaules : « Personne ne suit un régime à Noël, tu es bête !

— Répète ce que tu viens de dire ! » a crié Sylvain, le meilleur copain de Rachid.

Comme on faisait du bruit, la directrice est arrivée et nous a demandé de nous séparer et d'aller jouer. Et on n'était pas plus avancés...

Le lendemain matin, chacun avait encore une idée différente : Lisa avait fait un dessin avec des cœurs et des paillettes, Manon voulait acheter un collier et se disputait avec Jules, qui préférait un CD. Puis la cloche a sonné et mademoiselle Lili nous a dit, en entrant dans la classe : « Je vous trouve un peu bizarres en ce moment, tout va bien, les enfants ?

— Oui, mademoiselle ! C'est juste qu'on n'arrive pas à trouver... a commencé Sylvain, mais Rachid l'a arrêté :

— Chuuuuut ! Ne dis rien ! »

Mademoiselle Lili a haussé les sourcils, étonnée, puis elle s'est exclamée : « Bon, mettons-nous au travail. »

Elle s'est baissée pour prendre un livre, son stylo est tombé et elle s'est écriée : « Oh, zut, mon stylo est cassé ! Ce n'est pas de chance, c'était mon stylo préféré. »

On s'est tous regardés avec un air de conspirateur sur le visage : enfin, on avait trouvé notre idée de cadeau !

Le soir, en sortant de l'école, la maman de Romain nous a accompagnés chez le libraire.

On a choisi un super-stylo, doré, qui écrit très fin. Mademoiselle Lili sera contente !

Le dernier jour de classe, on était impatients de lui donner notre cadeau.

Romain s'est avancé, tout rouge, en tendant le paquet : « Joyeux Noël, maîtresse ! »

Mademoiselle Lili était drôlement étonnée. Quand elle a ouvert le paquet, elle a poussé un cri d'admiration, on était tout fiers. Puis elle nous a remerciés et elle nous a souhaité de bonnes fêtes.

En sortant de l'école, Jules a dit : « C'était une bonne idée, le stylo, et le CD, ce n'est pas grave, je garde l'idée pour son anniversaire ! »

J'étais surpris : « L'anniversaire de mademoiselle Lili ? C'est quand ?

— Tu ne savais pas ? C'est le 10 janvier !

— On va pouvoir lui offrir un parfum, s'est réjouie Emma.

— Ah, non, des chocolats ! » a crié Julie.

Et voilà, tout est à recommencer ! C'est pénible, parfois, d'avoir une maîtresse géniale…

Kéziah contre le dragon

Un jour, le roi des sorciers convoqua ses sujets et leur dit : « Voilà mille cent sept ans que je règne sur vous, et je suis fatigué de gouverner. Je vais donc vous soumettre à une épreuve. Le vainqueur aura l'honneur d'être mon successeur. »

Le roi prononça une formule magique, et un dragon rouge et or apparut devant la foule des sorciers.

Le roi expliqua : « D'un seul regard, ce dragon peut vous changer en scarabée. Vous l'affronterez les uns après les autres. Celui qui trouvera un tour de magie capable de vaincre son regard deviendra le roi. »

Un mouvement de panique parcourut l'assistance.

Le roi éclata de rire : « N'ayez pas peur : évidemment, j'ai le pouvoir de retransformer les scarabées en sorciers. »

L'épreuve commença aussitôt. Les sorciers avaient beau chercher les formules les plus savantes dans leur mémoire et leurs grimoires, aucune sorcellerie ne résistait au regard du dragon. Quelques instants plus tard, la prairie était couverte de scarabées bleutés qui baissaient les antennes d'un air penaud…

Seul restait le plus jeune des sorciers, qui devait à son tour se mesurer au dragon.

Le roi sourit dans sa barbe : « Ce pauvre Kéziah manque d'expérience. Décidément, je ne trouverai pas de successeur ! »

Kéziah se concentra et prononça une étrange formule : « Mirror apparescat ! »

Un joli miroir apparut devant lui. Kéziah l'empoigna comme un bouclier et s'approcha résolument du dragon. Celui-ci fixa le miroir de ses yeux magiques… et fut changé en scarabée. Il avait jeté un sort à son propre reflet !

Le roi applaudit, enthousiaste.

« Ce n'était pas sorcier, avoua Kéziah. J'ai lu une histoire semblable dans un livre écrit par des hommes. L'astuce humaine est parfois plus efficace que la magie !

— C'est vrai, répondit le roi. Si tu allies l'art de la sorcellerie avec l'intelligence des hommes, tu feras un excellent successeur. »

Sur ces mots, le roi retransforma tous les scarabées en sorciers. Il ne resta sur l'herbe qu'un bel insecte rouge et or, au regard désormais inoffensif, que le roi laissa comme il était… et Kéziah fut couronné le jour même.

Une sirène trop gourmande

Léane la petite sirène était bien maussade : « Être une sirène, se dit-elle, ce n'est pas drôle. Les repas sont toujours pareils : soupe d'algues, crevettes et plat de poisson. Jamais de dessert ! Et j'en ai assez de boire de l'eau salée. Ah, si la mer pouvait être sucrée… »

Et notre sirène rêvait, assise sur son rocher, d'une mer de sucre et d'îles en nougat.

Un jour, un bateau passa par-là, avec un vieux marin à son bord.

Léane lui demanda : « Vous qui avez voyagé, connaissez-vous un endroit où la mer est sucrée ?

— Bien sûr, autour de l'île Bonbon…

— L'île Bonbon ? s'écria Léane. Je n'en ai jamais entendu parler ! Comment est-elle ?

— La mer a un goût de vanille, le sable est du sucre candi et il y pousse des fleurs en chocolat », expliqua le marin.

La sirène battit des mains : « Quel paradis ! Je vous en prie, emmenez-moi à l'île Bonbon !

— Que me donneras-tu en échange ? » demanda le vieux marin.

Léane hésita : « Je n'ai pas grand-chose, juste un collier de coquillages…

— Je préférerais une mèche de tes cheveux.

— D'accord », répondit la sirène.

Avec une coquille tranchante, elle coupa une mèche de ses longs cheveux brillants et la lui donna. Puis ils se mirent en route : le vieil homme était sur son bateau et Léane nageait derrière. Jour après jour, l'eau devenait moins salée, plus douce.

Un matin, à l'aube, le marin annonça : « Nous sommes arrivés ! »

Merveille ! L'île était là, juste devant eux, Léane sentait son odeur de vanille et de noix de coco. Vite, elle nagea jusqu'au rivage, se glissa sur le sable et en mit une poignée dans sa bouche : quel délice ! Il fondait sur la langue comme du sucre en poudre.

Ensuite, elle croqua un petit coquillage : il avait un goût de caramel.

Léane leva les yeux et aperçut un bouquet de fleurs en chocolat…

Au bout d'une heure passée à dévorer du sable à la vanille et des pétales de chocolat, notre sirène se sentit un peu lourde. Sa queue de poisson, hors de l'eau, séchait et lui faisait mal. Elle voulut se rafraîchir dans la mer, mais… horreur ! Léane avait beau se tortiller, la chaleur du soleil avait fait fondre le sable sucré et le sol collant l'empêchait d'avancer !

Elle appela le marin : **« Au secours ! »**

Le vieil homme lança vers le rivage une longue corde dorée, qu'il avait fabriquée avec les cheveux de Léane.

La sirène s'y accrocha et le marin la tira jusqu'à la mer.

« Vous m'avez sauvée, dit-elle. Merci !

— Je pense que tu aimerais rentrer chez toi, maintenant ?

— Oh oui ! s'écria la sirène. Et qu'on ne me parle plus jamais de l'île Bonbon ! »

De retour chez elle, Léane mangea de bon appétit sa soupe d'algues et son flan aux crevettes.

Quant au vieux marin, on ne le revit jamais. Certains racontent qu'il était envoyé par le roi Triton pour corriger les petites sirènes trop gourmandes…

Des rencontres monstrueuses

Eva est une petite fille somnambule, elle se déplace pendant son sommeil. Souvent, son papa boulanger la trouve endormie sur ses sacs de farine ou bien dans le jardin du voisin.

Mais ce jour-ci, au beau milieu de sa sieste, Eva se réveille dans un endroit inquiétant.

Les rues sont plongées dans le brouillard et des rugissements étranges lui glacent le sang…

Où se trouve-t-elle ? Elle commence à paniquer quand elle voit un jeune garçon s'approcher.

« Je vais lui demander mon chemin », pense-t-elle, soulagée.

Au moment où elle croise le jeune homme, elle remarque quelque chose qui dépasse de son manteau… Une queue de serpent !

Elle laisse échapper un cri et s'enfuit en courant. Dans sa précipitation, elle bouscule un autre passant. Elle lève les yeux et sursaute de frayeur : une tête monstrueuse la fixe de ses trois yeux énormes.

Elle court de plus belle, tourne à droite, à gauche, encore à droite… Malheur, une impasse !

Elle veut faire demi-tour, mais trois hideuses créatures fondent déjà sur elle.

« Au secours, à moi ! » hurle-t-elle.

Mais personne ne vient à son secours…

L'instant d'après, une main armée de griffes s'abat sur elle.

« Excuse-moi, dit un monstre en lui prenant doucement la main, tu ne peux pas rester dans le décor !

— Nous sommes en train de tourner un film, explique le deuxième en ôtant son déguisement.

— Je te reconnais, tu es la fille du boulanger ! s'exclame le troisième en ouvrant une porte qui donne sur la rue…

Rentre vite, tes parents doivent s'inquiéter ! »

La fillette reconnaît la boulangerie de son père sur le trottoir d'en face et se précipite chez elle.

« Eva ! Nous t'avons cherchée partout, lui dit sa mère en la serrant dans ses bras.

— Où étais-tu passée ? s'inquiète son père.

— J'étais au pays des monstres. C'était pour de faux, mais j'ai eu quand même très peur ! Je crois que maintenant je resterai sagement dans mon lit ! »

Le domaine de la nuit

Un jour, au fond de son jardin, Pauline aperçut une mésange prise dans un piège.

Pauline s'approcha de l'oiseau et le libéra doucement.

Aussitôt, la mésange se transforma en fée.

Elle dit à Pauline : « Par ta gentillesse, tu m'as délivrée sans le savoir d'une sorcière qui m'avait jeté un sort. Fais un vœu et je l'exaucerai pour te remercier. »

Pauline réfléchit un court instant :

« J'aimerais n'avoir plus jamais besoin de dormir.

— Soit », répondit la fée avec un sourire mystérieux.

Elle agita sa baguette, et une pluie d'étoiles se répandit sur l'herbe.

La nuit venue, Pauline se sentit pleine d'énergie. Elle joua longuement…
et finit par s'ennuyer. Ce n'était pas si drôle de rester seule jusqu'au bout
de la nuit, sans oser faire le moindre bruit !

C'est alors qu'apparurent des lutins brillants comme des lucioles.

Ils firent une ronde autour de Pauline : « Nous sommes les lutins de la
nuit. Voudrais-tu visiter notre domaine ? »

Pauline accepta avec joie. Vingt lutins s'accrochèrent à ses vêtements
et prirent leur envol vers le ciel. Ils arrivèrent dans un monde où des
aventures fabuleuses l'attendaient. Elle nagea comme un dauphin dans
des mers scintillantes, vola comme un aigle à travers les airs…

Dans ce domaine fantastique, elle avait tous les droits,
tous les pouvoirs !

Malheureusement, les lutins vinrent soudain l'interrompre dans
ses jeux : « Sur Terre, le soleil se lève ; nous devons te ramener
chez toi. Nous sommes les lutins de la nuit et nous ne
régnons pas sur le jour. »

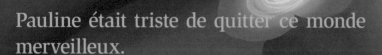

Pauline était triste de quitter ce monde merveilleux.

Les lutins lui dirent pour la consoler : « Tu pourras revenir ce soir. Notre domaine est tout simplement celui des rêves : il suffit que tu t'endormes pour y accéder. »

À ces mots, la fillette se retrouva dans sa chambre. Toute la maison dormait encore. Pauline repensa à ses aventures et soupira. Par son souhait, elle s'était privée à jamais de retourner au pays des rêves !

Mais à peine avait-elle regretté son vœu, que la fée qu'elle avait sauvée apparut et lui dit : « Pardonne-moi cette visite surprise. J'ai décidé de venir te trouver à la fin de ta nuit sans sommeil, car j'étais sûre que ton vœu te décevrait. Les lutins sont mes amis : je sais quelles merveilles ils t'ont montrées ! Je vais modifier mon charme. Chaque soir, tu t'endormiras en un éclair, pour atteindre très vite le domaine des rêves. »

Pauline sourit. La fée agita sa baguette, et une pluie d'étoiles se répandit sur le tapis...

Le monstre de la forêt

Il fait très froid et la neige a recouvert toute la forêt. Maman Lapin grelotte en sortant le nez de son terrier. Son regard est tout de suite attiré par des traces de pattes énormes, juste devant sa maison. Il y en a des dizaines, qui forment un chemin jusque dans la partie la plus sombre de la forêt.

« Maman, maman ! On peut aller jouer ? demande Fripouille, le plus jeune de ses six lapinots.

— Non, non, restez au chaud ! » répond la maman peu rassurée.

La journée s'écoule. Le soir venu, la neige se remet à tomber.

« Demain, je saurai tout de suite si cette bête étrange est repassée devant chez nous », se dit Maman Lapin en se couchant.

Le lendemain matin, elle découvre avec effroi des traces de pattes toutes fraîches. Le cri d'un corbeau la fait sursauter et elle se retourne vers ses enfants pour les protéger.

« Où est passé Fripouille ? » crie-t-elle, affolée. Timide, le frère aîné, s'avance en hésitant et finit par avouer : « Il voulait absolument te trouver une surprise pour ton anniversaire et il est parti très tôt ce matin. » Maman Lapin doit rassembler tout son courage à l'idée d'affronter l'animal qui rôde devant son terrier depuis deux nuits.

« Les enfants, je vous emmène chez nos voisins les hérissons et je pars chercher Fripouille. »

Le vent glacé et les tourbillons de neige ralentissent la marche de Maman Lapin.

Tout à coup, une petite voix l'interpelle : « Maman, maman !

— Fripouille ? Où es-tu ? Je ne te vois pas !

— Là, dans le tronc du gros sapin ! Viens par ici, je vais te présenter ma nouvelle amie. »

Maman Lapin aperçoit alors la lueur d'une bougie et découvre son fils attablé avec une souris qui a l'air tout à fait charmante.

« Bonjour, je suis madame Souricette. Je viens d'emménager ici. J'espère que je ne vous ai pas trop dérangée avec mes allées et venues. »

Alors, Maman Lapin se met à rire : « Et dire que vos traces dans la neige m'ont fait penser à un horrible monstre ! La prochaine fois, n'hésitez pas à nous demander de l'aide. Je crois que mon Fripouille sera ravi de se dégourdir les pattes ! »

L'école dans la glace

Au pôle Nord, l'école se tient dans un grand igloo avec des tables en glace et des tabourets givrés. Même le bureau de la maîtresse ressemble à un énorme glaçon.

Cette année, l'école accueille un nouvel élève : Paulo. Il est arrivé avec ses parents qui vont étudier la banquise durant plusieurs mois.

Paulo vient d'un pays chaud, le Brésil, et lorsqu'il parle de sa vie là-bas, les yeux de ses petits camarades pétillent de curiosité. Ici, personne n'a jamais vu de plage, ni de maillot de bain, encore moins de palmiers. Il fait beaucoup trop froid.

Paulo s'est rapidement fait des amis et la vie passerait à merveille s'il n'avait pas aussi froid à l'école.

« Mets un manteau en peau de phoque ! » lui conseillent ses amis.

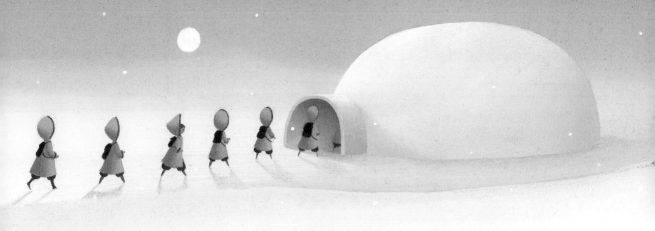

« Enfile plusieurs paires de chaussettes », suggère la maîtresse.

« Garde ton bonnet en classe », propose son voisin.

Rien n'y fait. GLA ! GLA ! GLA ! Paulo continue de grelotter. CLAC ! CLAC ! CLAC ! Il claque si fort des dents que la classe a du mal à travailler.

Un jour pourtant, Paulo arrive à l'école, un énorme manteau sur le dos. Il a les joues bien roses et s'assoit sur son glaçon sans frissonner.

« Tu n'as plus froid ? lui chuchote son voisin de table, un peu étonné.

— Non ! murmure Paulo. J'ai trouvé la solution ! »

En effet, la journée se passe sans un seul tremblement, sans le plus petit claquement de dents.

Le lendemain, Paulo ne grelotte pas une seule fois. Pas plus que le surlendemain et tous les jours qui suivent. Paulo ne quitte plus son gros manteau, ses joues roses et son sourire.

Seulement, l'école commence à changer. Les tabourets rétrécissent, les tables ne sont plus plates et, par endroits, les murs deviennent si fins que l'on voit à travers. Partout où Paulo passe, l'école fond tout doucement ! « FLIC ! FLOC ! » Paulo ne s'aperçoit de rien, mais la maîtresse commence à s'inquiéter.

« Paulo, appelle-t-elle un jour, j'aimerais te parler ! »

Le petit garçon s'approche en se demandant quelle bêtise il a faite.

« Peux-tu me montrer ton manteau, s'il te plaît », lui dit la maîtresse.

Très fier, Paulo ouvre grand son manteau pour montrer la géniale invention de sa maman : une grosse ceinture à laquelle sont suspendues des bouillottes bien chaudes.

En découvrant les bouillottes fumantes, la maîtresse comprend aussitôt. Hélas ! Il est trop tard et l'école, à cause des bouillottes, a déjà trop fondu. La maîtresse n'a plus le choix : elle doit fermer. Et sur le panneau à l'entrée de l'igloo, on peut lire :

« VACANCES POUR TOUT LE MONDE EN ATTENDANT DE RECONSTRUIRE L'ÉCOLE ! »

Le chevalier Riquiqui

Il était une fois un chevalier si petit qu'on l'avait surnommé le « chevalier Riquiqui ».

Tout le monde se moquait de lui et le chevalier rêvait de réaliser un exploit pour qu'on le prenne enfin au sérieux.

C'est pourquoi, un jour, il décida d'aller tuer le dragon qui terrorisait le pays.

Lorsque le chevalier Riquiqui arriva devant la grotte où vivait la bête, il prit sa plus grosse voix et cria : « Sors de ta cachette, infâme dragon ! »

Le monstre surgit hors de sa caverne en poussant un terrible rugissement.

« Qui ose me déranger ? tonna-t-il en crachant du feu.

— C'est moi ! » lui répondit une petite voix.

Le dragon baissa la tête et aperçut le chevalier Riquiqui.

« Que viens-tu faire ici ? lui demanda-t-il, amusé.

— Je viens te tuer ! » lança le chevalier Riquiqui.

Le dragon n'en crut pas ses oreilles. Il trouva cela si drôle qu'il se mit à rire, à rire, à s'en rouler par terre !

Profitant de la situation, le chevalier Riquiqui l'attaqua avec sa minuscule épée. TCHIC ! TCHAC !

« Hi ! Hi ! Hi ! Arrête, tu me chatouilles ! » dit le dragon en pleurant de rire.

Le chevalier continuait de plus belle.

« Ouille ! Que tu es drôle ! » gloussa le dragon.

Le chevalier Riquiqui poursuivait inlassablement son attaque. TCHIC ! TCHAC !

« AAïïïEEE ! » hurla le dragon lorsque, enfin, il eut mal.

Son fou rire cessa alors tout à fait et il se pencha, furibond, vers son agresseur.

Mais il était trop tard ! Riquiqui l'avait blessé à mort. Le dragon eut beau cracher, battre de la queue et claquer des dents... rien n'y fit ! Il n'eut bientôt plus la force de bouger.

Alors, le courageux chevalier passa entre ses pattes, grimpa le long de son dos et lui assena un dernier coup d'épée au sommet du crâne.

Le dragon s'écroula ! C'est ainsi que le chevalier Riquiqui, si petit mais si courageux, délivra son pays du terrible dragon. Depuis son exploit, personne ne se moqua plus jamais de lui.

Une apprentie sorcière très étourdie

Trente apprenties sorcières se tenaient sur une estrade, très intimidées.

À la veille des grandes vacances, la directrice de l'école des sorcières avait organisé un examen : il s'agissait de savoir si les élèves méritaient de passer dans la classe supérieure ! Les familles des petites, ainsi que la reine des sorcières, étaient venues assister à l'épreuve…

Dans un silence impressionnant, la directrice de l'école claqua ses doigts crochus et commanda : « Prononcez la formule qui fera apparaître vos baguettes magiques. »

Aussitôt, les petites sorcières dirent quelques mots de latin et dans leurs mains apparurent les baguettes.

À la grande surprise de la foule, une odeur délicieuse se répandit dans la salle. La plus petite des élèves tenait en main une baguette de pain, chaude et croustillante !

La directrice siffla : « Henriette, tu es incapable de retenir les formules correctement. Entre une baguette magique et une baguette de pain, il y a une différence ! » Henriette baissa les yeux.

La directrice fit ensuite apparaître trente grenouilles sur la scène et ordonna :

« Changez-moi ces grenouilles en statues de glace. »

En un clin d'œil, les grenouilles furent congelées. Mais pas toutes. L'une d'elles était devenue rose et était recouverte d'une poudre blanche…

La directrice l'examina d'un air fâché : « Henriette ! C'est toi qui as changé cette grenouille en glace à la fraise et qui l'as saupoudrée de sucre glace ? Décidément, tu comprends toutes mes consignes de travers ! »

La reine des sorcières, très gourmande, demanda alors à goûter ce sorbet. Il était si savoureux qu'elle le mangea tout entier !

« Mes compliments, Henriette, dit-elle. Tu as mal compris l'exercice, mais ta recette magique est une réussite. »

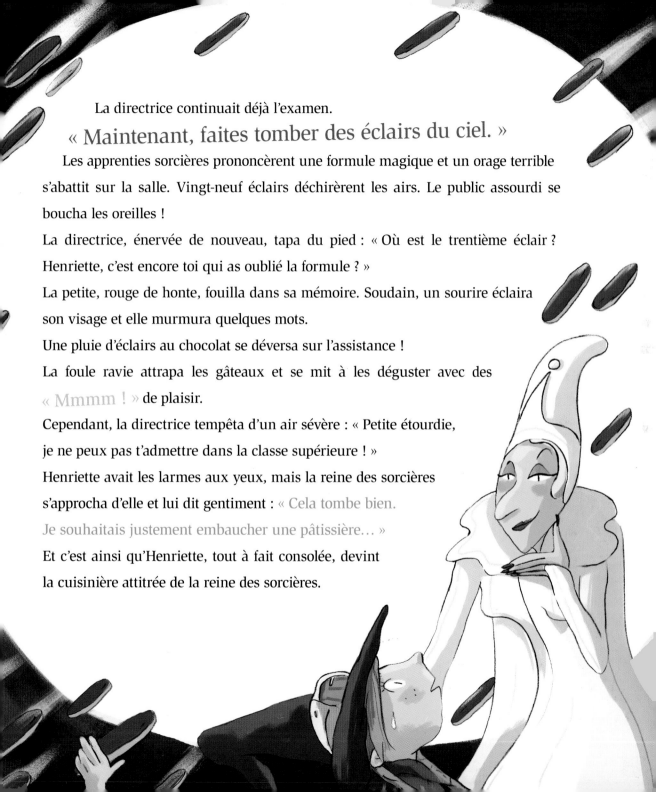

La directrice continuait déjà l'examen.

« Maintenant, faites tomber des éclairs du ciel. »

Les apprenties sorcières prononcèrent une formule magique et un orage terrible s'abattit sur la salle. Vingt-neuf éclairs déchirèrent les airs. Le public assourdi se boucha les oreilles !

La directrice, énervée de nouveau, tapa du pied : « Où est le trentième éclair ? Henriette, c'est encore toi qui as oublié la formule ? »

La petite, rouge de honte, fouilla dans sa mémoire. Soudain, un sourire éclaira son visage et elle murmura quelques mots.

Une pluie d'éclairs au chocolat se déversa sur l'assistance !

La foule ravie attrapa les gâteaux et se mit à les déguster avec des « Mmmm ! » de plaisir.

Cependant, la directrice tempêta d'un air sévère : « Petite étourdie, je ne peux pas t'admettre dans la classe supérieure ! »

Henriette avait les larmes aux yeux, mais la reine des sorcières s'approcha d'elle et lui dit gentiment : « Cela tombe bien. Je souhaitais justement embaucher une pâtissière… »

Et c'est ainsi qu'Henriette, tout à fait consolée, devint la cuisinière attitrée de la reine des sorcières.

Le poisson sans nom

Antoine avait ouvert sa bouteille d'oxygène : il était prêt à plonger.

« Ne t'éloigne pas du bateau, dit le maître plongeur. Nous sommes sur la mer la plus profonde du monde : elle descend à onze mille mètres. Il est dangereux de s'aventurer trop bas. »

Antoine fit signe qu'il avait compris et plongea. À quelques mètres sous l'eau, il se sentit enveloppé par un tourbillon qui l'aspirait vers le fond. Malgré ses efforts pour résister, le remous le fit tournoyer comme un grain de sable !

La descente dura longtemps. Enfin, ses palmes touchèrent le fond, où il faisait plus noir que par une nuit sans lune. Antoine aperçut seulement deux yeux rouges qui le fixaient, et il entendit une voix caverneuse : « Bonjour ! Je suis un poisson sans nom. Les hommes ne m'en ont jamais donné, car ils ne soupçonnent pas mon existence. Vos sous-marins ont rarement exploré ces profondeurs ! »

Le jeune homme frémit : « Comment survis-tu ici ?

— D'ordinaire, en ouvrant ma gueule, j'aspire les requins et je n'en fais qu'une bouchée.

Aujourd'hui, j'ai envie de goûter un homme. »

Antoine se sentit perdu. Que faire pour échapper à ce monstre ? À cet instant, le sol trembla et s'entrouvrit dans un nuage de sable : un volcan était en train de naître sous la mer ! Antoine entendit le grondement du feu qui brûle au centre de la Terre.

Avant d'exploser, le volcan envoya une énorme bulle de gaz qui souleva Antoine et le propulsa droit vers la surface de l'océan.

Il jaillit hors de l'eau juste à côté du bateau !

Quand il eut repris ses esprits et comme le maître plongeur l'interrogeait avec inquiétude, Antoine raconta son aventure en bégayant un peu : il tremblait encore de peur en évoquant le poisson monstrueux…

Le maître plongeur le réconforta de son mieux et lui dit d'un air pensif : « Heureusement tout finit bien, mais il faudra décrire aux savants ce poisson sans nom. »

Antoine hocha la tête et dit en souriant : « Le volcan a dû le tuer. Ce ne sera plus qu'une espèce disparue pour les savants… et un affreux souvenir pour moi ! »

La nuit des dragons

Chaque soir, c'est la même comédie. Marco ne veut pas aller au lit.

« Je n'ai pas sommeil ! Laisse-moi lire encore un peu, maman ! supplie-t-il.

— Marco, je t'ai déjà dit NON ! Tu éteins ta lampe et puis… trouve une astuce pour t'endormir ! Tiens, tu n'as qu'à compter les moutons ! dit maman en fermant la porte.

— Des moutons ? Ce n'est pas drôle, bougonne Marco. Et si je comptais des dragons ? Un dragon, deux dragons… huit dragons… Hé ! Mais ça sent le brûlé ici ! »

Marco se redresse dans son lit et voit huit petits dragons voltiger devant lui !

Il s'apprête à hurler quand l'un d'eux s'approche : « N'aie pas peur ! Je m'appelle Dragonos. Tu viens de prononcer les chiffres magiques pour nous faire apparaître.

— Mes parents vont être furieux ! Arrêtez de cracher du feu ou vous allez brûler les rideaux ! supplie Marco.

— Nous devons rejoindre le royaume des Songes. Cela te dirait de nous accompagner ? » propose Dragonos. Marco hésite. Et puis, zut, après tout, ses parents doivent dormir et ils ne s'apercevront de rien !

« D'accord ! » Il ouvre sa fenêtre et s'installe sur le dos de Dragonos. Marco regarde sa maison rétrécir et devenir de plus en plus minuscule.

Il n'a pas peur de voler dans la nuit.

Avec les flammes qu'ils crachent, les dragons font briller un peu plus les étoiles.

« Cela fait partie de nos missions. Il faut que les nuits soient toujours parfaites. Oh, bien sûr, nous devons aussi rendre visite aux enfants dans leurs rêves. C'est très important, les rêves, tu sais !

Dormir et s'évader dans des mondes imaginaires, cela aide à grandir et en plus c'est très amusant, explique le dragon. Nous voici arrivés au royaume des Songes ! »

Marco aperçoit des centaines de petits nuages.

Il s'approche de l'un d'eux et voit à l'intérieur un chevalier combattant un monstre à trois têtes. Dans un autre, un prince et une princesse échangent un baiser.

Dragonos s'approche : « Ce sont les rêves des enfants. Nous devons nous tenir prêts quand un dragon doit intervenir ! Parfois, nous sommes très méchants et, d'autres fois, nous jouons le rôle d'un gentil.

— Marco, réveille-toi, il est sept heures ! »

Sa maman est entrée dans la chambre. Dans son lit, Marco regarde autour de lui et ne voit plus son ami le dragon.

« Mais tu es fou ! On ne laisse pas la fenêtre ouverte en plein hiver ! s'écrie maman.

— Je n'ai pas rêvé alors… » murmure le petit garçon.

Puis il se tourne vers le ciel où le jour se lève et il dit :

« À ce soir, Dragonos ! »

Amédée
et le robot rangeur

A médée était un homme d'une immense paresse. Il ne travaillait pas, car il pensait que tous les métiers étaient trop fatigants pour lui. Il regardait la télévision du matin au soir, et dormait du soir au matin !

Un jour, il vit à l'écran une publicité incroyable. Elle annonçait l'invention d'un robot capable de ranger n'importe quoi en un clin d'œil.

Amédée regarda autour de lui. Un parfait désordre régnait dans son salon, qu'il n'avait pas rangé depuis quinze ans. **Il décida donc d'acheter ce robot très utile.**

Lorsqu'il rentra chez lui, son robot sous le bras, il ouvrit la porte de la cuisine.

Une montagne de vaisselle s'entassait du sol au plafond.

Amédée ordonna au robot :

« Range cette vaisselle ! »

Une heure plus tard, la vaisselle était lavée et rangée dans les placards.

Enchanté, Amédée reprit : « Maintenant, range ma maison tout entière. »

Que se passa-t-il alors ? Amédée se retrouva dans son jardin, enfoui sous les herbes folles de sa pelouse, qu'il n'avait pas tondue depuis trente ans.

La maison avait disparu !

Le robot obéissant l'avait rangée... mais où ?

Amédée interrogea longuement la machine, mais celle-ci resta muette : elle se contentait d'émettre des petits « bip », comme pour dire : « À vos ordres. »

Comme l'hiver approchait, Amédée fut obligé d'acheter des briques, des planches et du ciment et il se construisit une nouvelle maison pour se mettre à l'abri des grands froids.

Croyez-le si vous voulez, il s'amusa beaucoup à travailler ainsi.

Cela lui plut tant qu'il devint maçon pour construire d'autres maisons !

Et il répétait à tous ses amis : « Je connais un robot magique capable de tout ranger en un clin d'œil. Il a même si bien rangé ma paresse que je ne l'ai jamais retrouvée ! »

L'ombre amoureuse

Il y a bien longtemps, un roi voulait marier sa fille.

Il envoya des messagers avec le portrait de la jolie princesse aux quatre coins du monde :
« Que les princes de tous les pays accourent au royaume de la Lumière aussi vite qu'ils le peuvent. Je marierai ma fille avec le plus rapide d'entre eux. »

À l'annonce de ce concours, certains princes se mirent en colère.

Ils dirent aux messagers : « C'est injuste ! Il existe des royaumes plus proches du vôtre que le mien. Leurs princes sont sûrs de gagner la course. »

Les messagers hochaient la tête et répondaient : « Le plus amoureux d'entre vous saura bien arriver le premier. C'est ce que dit notre roi. »

Le sultan d'Arabie monta sur son tapis volant, le grand chef des Indiens d'Amérique enfourcha son aigle royal, le seigneur du Japon fit seller son dragon. Chaque prétendant se mit ainsi en route à la vitesse du vent.

Tout au bout de la Terre, le beau et vaillant prince des Banquises régnait sur son continent de neige. Lorsqu'on lui présenta le portrait de la princesse, l'amour tomba subitement sur lui comme un coup de foudre.

Il se produisit alors une chose étrange : son ombre se détacha de lui et disparut aussitôt !

Il ne voulait pas perdre de temps à la chercher et embarqua sans elle sur son iceberg flottant pour rejoindre l'élue de son cœur.

Le prince des Banquises était un excellent rameur, mais il lui fallait traverser l'océan et ses tempêtes. Il voyagea un mois entier. En arrivant à destination, sans illusions il questionna un garde de la porte du palais : « Votre princesse est-elle déjà mariée ?

— Non, répondit le garde, car il se passe une chose étrange. Depuis un mois, l'ombre d'un homme couronné s'est attachée à celle de la princesse. Le roi fait rechercher le prince à qui appartient cette ombre, car les deux ombres se tiennent par la main et elles sont inséparables ! »

À ces mots, le prince des Banquises se précipita dans le palais, où régnait une grande agitation. Plusieurs princes venaient tenter leur chance : l'un après l'autre, ils superposaient leur ombre à celle de l'inconnu. Aucune d'entre elles n'était aussi grande, aussi fine, aussi majestueuse.

Le prince des Banquises attendit son tour.

Lorsqu'il s'avança vers la princesse, le roi s'écria : « Votre silhouette et même votre couronne de stalagmites se marient parfaitement avec cette ombre !

— C'est surtout avec votre fille que je désire me marier », répondit le prince.

Le roi éclata de rire et tout le bonheur du monde brilla dans les yeux de la princesse.

Les noces eurent lieu aussitôt.

Les mariés, unis pour toujours, se tiennent par la main aussi fièrement que leurs ombres…

Mystère et boule de gomme

La gomme de la maîtresse Françoise ressemblait à toutes les autres gommes. Pourquoi alors était-il défendu d'y toucher ?

Profitant d'un moment où Françoise avait le dos tourné, Clémence, la plus curieuse élève de la classe, se glissa jusqu'à son bureau, saisit la gomme et la frotta contre la table, qui disparut aussitôt !

La maîtresse prit un air mi-sévère, mi-amusé et dit aux élèves : « Puisque Clémence a découvert mon secret, nous allons faire tous ensemble une promenade dont vous vous souviendrez longtemps. »

Elle passa la gomme sur les murs de la classe, qui s'effacèrent d'un coup.

Le tableau noir, lui, était toujours là. Mais il avait pris une apparence mystérieuse…

« On dirait l'entrée d'un tunnel ! » s'écria Arthur le dur, qui pourtant ne s'étonnait jamais de rien.

« Venez ! » dit la maîtresse.

Elle pénétra dans la galerie. La classe la suivait en tâtonnant dans le noir. Soudain, des portes s'ouvrirent le long du tunnel. Dans la première salle se trouvait un hôpital…

« Moi qui rêve de devenir médecin ! » s'exclama Alexis. Il entra dans la salle et enfila une blouse pour soigner des malades.

D'autres enfants visitèrent la pièce d'en face, où l'on construisait une fusée.

« Nous serons spationautes ! » dirent Claire et Hervé en s'installant aux commandes.

D'autres élèves poussèrent les portes suivantes, mais Clémence restait toujours dans le tunnel avec Françoise. Elle dit à la maîtresse : « Je rêve d'être institutrice. Je voudrais une salle de classe, s'il vous plaît ! »

Françoise sourit et frotta sa gomme sur le sol du tunnel. Aussitôt, celui-ci s'effaça et les élèves se retrouvèrent dans leur classe, devant leur tableau noir.

Leur voyage dans le tunnel était un mystère, mais une chose était sûre : ils regrettaient amèrement d'être revenus sur leurs bancs !

Françoise rangea sa gomme au fond de sa poche et leur dit : « Ne soyez pas déçus : pour exercer le métier de vos rêves, il faut d'abord bien travailler à l'école. »

Zigoto le lutin

Zigoto le petit lutin sait déjà ce qu'il fera quand il sera grand.
« Je serai un clown-lutin qui fera rire les enfants ! »
Raconter des histoires drôles, faire des grimaces : il adore ça !
Cet après-midi-là, Zigoto a bien envie de faire une nouvelle farce.
Il s'aventure jusqu'à la maison de Scribouillard. Les rares fois où ce
vieux sorcier sort de chez lui, tous les habitants du village s'écartent
sur son passage. Il ne leur adresse pas la parole et ne sourit jamais.
Zigoto frappe à sa porte et se cache aussitôt dans un fourré.
« Qui est là ? » demande le sorcier en ouvrant la porte.
Puisqu'il n'y a personne, il se dépêche de la refermer.
Deux fois, trois fois, quatre fois, Zigoto tape de plus en plus fort et
s'échappe juste avant que la porte s'ouvre.

À la cinquième fois, Scribouillard l'attrape par le col de sa veste : « C'est donc toi le petit plaisantin ! Tu vas voir quel genre de punition je réserve aux polissons ! »

Zigoto est pétrifié. Il se retrouve enfermé dans une cage, dans la chambre de Scribouillard. Le petit lutin pleure en pensant à ses parents qui doivent être très inquiets.

« Tu rigoles moins, à présent ! » lui dit le sorcier le soir, en allant se coucher.

Quelques heures plus tard, Zigoto se rend compte que Scribouillard parle dans son sommeil et rit parfois. « Oh ! là là ! Si j'essayais de lui raconter une blague ? se dit-il. Psst ! Scribouillard ! Tu sais comment on appelle une souris qui perd ses poils ? Une chauve-souris !

— Hi ! Hi ! Hi ! s'esclaffe le sorcier.

— Et quel est le comble pour une fée ? Tu devines ? C'est d'acheter sa baguette à la boulangerie ! »

Scribouillard continue à rire.

« Dis, Scribouillard, tu ne voudrais pas ouvrir cette cage ? Je te raconterai d'autres histoires si tu veux », tente Zigoto.

Le sorcier est un vrai somnambule. Il prend la clé de la cage et délivre le lutin, qui lui saute dans les bras et lui fait un énorme bisou.

Oh non, Zigoto a réveillé Scribouillard.

Ça va être terrible ! Mais le sorcier secoue la tête, se frotte les yeux et il sourit !

Cette bonne humeur n'empêche pas Zigoto de s'échapper, car il n'a pas envie de retourner dans cette horrible cage !

Le lendemain, au marché, Scribouillard salue les gens qu'il croise : « Bonjour, madame ! Bonjour, monsieur ! Comment allez-vous ? »

Ces derniers ouvrent les yeux comme des soucoupes et gardent la bouche ouverte sans savoir quoi répondre.

Caché en haut d'un arbre, Zigoto observe la scène et conclut :

« Faire rire donne vraiment des super-pouvoirs !

Même contre un méchant sorcier ! »

Les sirènes de Dormeran

Armane cueillait des roseaux sur le bord du marais et les glissait dans son panier. Il aimait tresser avec ces tiges toutes sortes d'animaux aquatiques, comme ceux qui peuplent Dormeran, le royaume des sirènes.

Si seulement il pouvait y pénétrer !

La légende raconte que ces créatures mi-femmes mi-poissons étaient restées éveillées mille ans pour achever la construction de leur demeure !

« Il faut que je trouve un moyen pour respirer sous l'eau », se répétait-il sans cesse. Soudain, une chose étrange se produisit : le roseau sur lequel il tirait s'allongea. Il tira et tira encore jusqu'à ce qu'il l'arrache enfin… Le roseau faisait des kilomètres de long !

« Grâce à lui, je vais pouvoir descendre sous l'eau en prenant de l'air à la surface ! » s'écria le garçon.

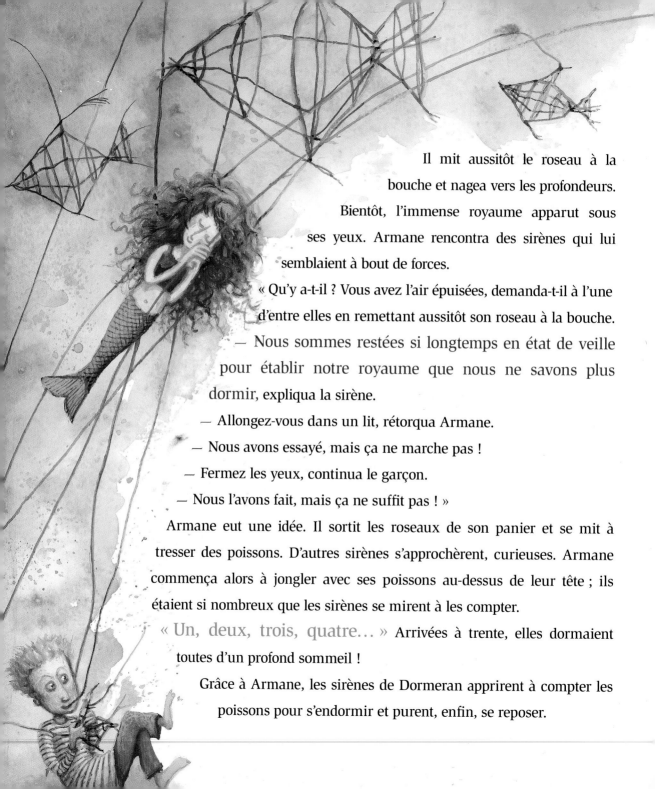

Il mit aussitôt le roseau à la bouche et nagea vers les profondeurs.

Bientôt, l'immense royaume apparut sous ses yeux. Armane rencontra des sirènes qui lui semblaient à bout de forces.

« Qu'y a-t-il ? Vous avez l'air épuisées, demanda-t-il à l'une d'entre elles en remettant aussitôt son roseau à la bouche.

— Nous sommes restées si longtemps en état de veille pour établir notre royaume que nous ne savons plus dormir, expliqua la sirène.

— Allongez-vous dans un lit, rétorqua Armane.

— Nous avons essayé, mais ça ne marche pas !

— Fermez les yeux, continua le garçon.

— Nous l'avons fait, mais ça ne suffit pas ! »

Armane eut une idée. Il sortit les roseaux de son panier et se mit à tresser des poissons. D'autres sirènes s'approchèrent, curieuses. Armane commença alors à jongler avec ses poissons au-dessus de leur tête ; ils étaient si nombreux que les sirènes se mirent à les compter.

« Un, deux, trois, quatre… » Arrivées à trente, elles dormaient toutes d'un profond sommeil !

Grâce à Armane, les sirènes de Dormeran apprirent à compter les poissons pour s'endormir et purent, enfin, se reposer.

Le robot
de grand-père Léo

Juillet 2054. Milenia vit sur la planète Mars et elle est très contente de passer quelques jours de vacances sur Terre, chez ses grands-parents. Elle a emporté avec elle sa poupée Pascaline, qu'elle peut transformer en bébé, en princesse ou en super-doudou avec boîte à musique intégrée et son robot Réviz'tout qui lui pose plein de questions sur ses devoirs d'école. Elle a promis à sa maman de travailler un peu pendant ses vacances, mais cet après-midi, elle a bien envie de visiter le grenier de la maison.

« Dis, grand-mère, je peux voir les robots que tu avais quand tu étais petite ?

— Oh ! Quand j'avais ton âge, je jouais surtout avec des vraies poupées, sans boutons ni voix électronique comme les tiennes. Va quand même voir au fond du grenier, tu trouveras sûrement le vieux robot de ton grand-père Léo. »

Après quelques recherches, Milenia découvre un robot à grosse tête ronde surmontée d'un chapeau blanc avec des gros plis.

Dans son dos, il y a plein de tiroirs avec des dessins bizarres : de la poudre blanche, un carré marron, une bouteille blanche. À la place du ventre du robot, il y a une petite porte qui s'ouvre sur une espèce de coffre vide. Sur les mains du robot sont écrits deux mots : MÉLANGER et CUIRE.

« Grand-mère, tu peux m'aider à descendre ce robot, j'aimerais bien le faire marcher et il y a des choses étranges dessinées dessus. »

Alors, Léa raconte à sa petite-fille des histoires d'autrefois : « Dans notre enfance, les parents de ton grand-père comme les miens faisaient la cuisine, et ce robot, surnommé « Gourmandino », était spécialisé dans la confection de gâteaux. Il faut juste placer les ingrédients dans son dos : de la farine, du sucre, du chocolat, du lait...

— Des œufs, je sais les casser ! l'interrompt Milenia, toute fière.

— Tourne sa main pour mélanger, lui demande sa grand-mère. Très bien, maintenant, la cuisson ! »

Milenia tourne l'autre main et observe attentivement le ventre du robot. Quelques minutes plus tard, une délicieuse odeur se répand dans la cuisine et un magnifique gâteau au chocolat apparaît derrière la porte du four. La petite fille n'a jamais rien goûté d'aussi bon.

« Ah ! Tu as retrouvé mon vieux robot, ma petite gourmande ! Attends ! Je vais réparer le haut-parleur pour la voix ! » lui dit son grand-père, tout ému de revoir son vieux jouet.

Les jours suivants, Milenia teste plein d'autres recettes avec Gourmandino : clafoutis aux abricots, cake aux noix, tarte aux fraises...

« Tu devrais mettre plus de sucre !... Attends ! Tu n'as pas assez mélangé ! » lui indique parfois le robot.

Milenia a bien envie d'échanger tous ses robots perfectionnés contre ce Gourmandino qui lui a fait découvrir tant de délices.

Son grand-père n'hésite pas un instant : « Je te le donne, ma chérie !

Et je suis sûr que tu vas devenir la plus célèbre pâtissière de la planète Mars ! »

Au zoo

Il était une fois un roi méchant et capricieux qui ne voulait plus s'occuper de son zoo.

Alors, un soir, il réunit tous les animaux et il leur annonça : « Demain, le parc zoologique sera détruit. Vous avez la nuit pour déguerpir, sinon... »

Il quitta l'assemblée sans terminer sa phrase, mais tous les animaux comprirent ce qu'il voulait dire.

« Qu'allons-nous faire ? demanda une girafe.

— Jamais nous ne pourrons retourner chez nous, dit un singe.

— Nous habitons trop loin, répliqua un tigre.

— Et nous n'avons même pas de carte routière ! » s'exclama un hippopotame.

Les animaux, désespérés, se mirent à pleurer. Ils étaient perdus !

Soudain, une fée qui passait par-là entendit leurs gémissements. Elle leur demanda ce qui les rendait si malheureux.

« Nous sommes tristes car nous ne reverrons jamais la banquise.

— Ni la savane et les montagnes.

— Ni la forêt et les fleuves. »

Émue par leur détresse, la fée décida de les aider. « Je vais vous emmener, moi, dit-elle.

— Mais comment, interrogea un flamant rose d'une voix triste. Nous sommes trop nombreux.

— Et trop lourds ! » ajouta un rhinocéros.

La fée réfléchit. « J'ai une idée ! »

Et délicatement, elle souffla sur les animaux du zoo qui rapetissèrent, rapetissèrent, jusqu'à ce qu'ils aient la taille de soldats de plomb.

« Et maintenant, en route ! » s'écria la fée en tendant la main.

Fous de joie, les animaux miniatures se serrèrent sur sa paume et tous s'envolèrent.

Ils firent un long voyage.

Au fur et à mesure, la fée déposa chaque animal dans son pays après lui avoir, d'un baiser, redonné sa taille normale.

À la fin, il ne resta plus qu'un ours.

« Et toi, où veux-tu aller ? lui demanda la fée.

— Moi ? répondit l'ours, je suis trop vieux pour rentrer chez moi. Je voudrais continuer à voyager avec toi. Tu veux bien ? »

La fée accepta et emmena son nouvel ami autour du monde.

Alors, quand la lune est ronde, regarde bien haut dans le ciel : tu pourras peut-être apercevoir la fée et son ours en route pour un nouveau pays !

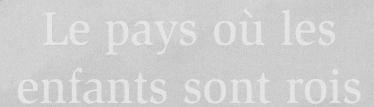

Le pays où les enfants sont rois

Un jour, lors de son voyage autour du monde, le prince Victor découvre, caché derrière une colline, un minuscule château, richement décoré de guirlandes et de ballons.

Le prince a très envie de rencontrer les habitants de ce curieux royaume et se présente devant la porte des remparts.

Une trappe s'ouvre, juste à la hauteur de ses genoux.

« Vous avez le mot de passe ? demande une petite voix.

— Non, pardonnez-moi ! Je suis le prince Victor et je voudrais rencontrer votre seigneur. »

Clic, clac, la porte s'ouvre et un jeune garçon le regarde, bouche bée : « C'est la première fois que je vois un cheval en vrai ! Et vous, comme vous êtes grand ! »

Le cavalier descend de sa monture et constate que le village est peuplé uniquement d'enfants. Filles et garçons jouent à chat perché, se chamaillent ou chantent des comptines.

« Il n'y a aucun adulte ici ? demande-t-il au petit garçon.

— Non, nous avons rajeuni lorsque l'horrible sorcier Golgon nous a jeté un sort. Depuis, plus personne ne grandit !

— Comme c'est étrange… murmure le prince Victor.

— Suivez-moi, je vais vous présenter au roi Tristan ! » propose le jeune garçon.

Le prince Victor salue avec le plus grand respect un garçon blond de huit ans portant une cape et des bottes trois fois trop grandes pour lui.

« Votre Majesté, je serais ravi de vous aider à annuler le sortilège qui vous a transformé en petit garçon.

— Seule ma couronne de roi me permettrait d'anéantir les pouvoirs du sorcier, répond Tristan. Mais elle est enfermée dans une cage en verre et personne n'a réussi à la soulever ou à la briser.

— Sans vouloir vous offenser, Sire, je suis plus grand et plus fort que vous tous ici. Peut-être aurai-je le pouvoir nécessaire pour y parvenir ?

— Vous êtes très bon, prince. Gardes, allez chercher immédiatement la cage où se trouve ma couronne ! » ordonne le roi Tristan.

Avec le plus grand calme, le prince Victor pose ses deux mains sur le verre et le soulève, comme par magie !

Les enfants poussent des cris de joie !

Victor prend la couronne et la pose délicatement sur la tête de Tristan.

Tout à coup, l'enfant est emporté dans un tourbillon blanc et constate peu après, médusé :

« Comme mes jambes ont poussé ! Et ma voix, comme elle est grave !

Je suis un grand ! »

Autour de lui, tous les habitants du royaume ont eux aussi grandi de plusieurs centimètres et se moquent les uns des autres avec leurs vêtements trop petits.

Une fête magnifique est organisée en l'honneur du prince Victor et c'est le cœur gros qu'il décide de reprendre la route.

« Au revoir, mes amis ! Je reviendrai l'an prochain, c'est promis, pour voir si vous avez encore grandi ! »

Blanche
et Noiraude

Dans un pays très lointain chaque nuit, la cruelle sorcière Noiraude jetait de vilains sorts aux habitants du village. Un nez de phacochère par-ci, une marmite de serpents par-là…

Le jour, Blanche annulait tous les sortilèges de sa rivale. La nuit venue, Noiraude folle de rage redoublait de mauvais tours.

La vie au village était infernale !

« Cela ne peut plus durer, dit un jour le chef du village. L'une des deux doit chasser l'autre.

— Impossible ! observa un villageois. Noiraude dort le jour et Blanche s'enferme la nuit.

— Elles doivent se rencontrer », conclut le chef.

Il partit voir le soleil, eut une longue conversation avec lui et, la nuit venue, il discuta longuement avec la lune.

Tous trois se mirent d'accord et, le lendemain, le soleil ne se coucha pas tandis que la lune se leva plus tôt.

Aussi Blanche ne rentra pas dans sa hutte et Noiraude sortit de sa tanière. Pour la première fois, la fée et la sorcière se retrouvèrent face à face.

« Je te hais, maudite fée ! hurla Noiraude qui crachait de la fumée noire.

— Je vous déteste, infâme sorcière ! » s'écria Blanche en lançant des éclairs de lumière.

Les deux fées se ruèrent l'une sur l'autre. Le choc fut terrible.

La foudre blanche et la fumée noire s'affrontèrent jusqu'à ce qu'un nuage gris s'élève dans le ciel. Blanche et Noiraude avaient disparu.

À leur place se tenait une jeune fille tout à fait ordinaire, ni plus méchante, ni meilleure que les autres.

Et comme elle avait à la fois un petit air de Noiraude et une légère ressemblance avec Blanche, on la baptisa Griseline.

Le géant qui avait mal aux pieds

Rigobert était un géant très sensible, très douillet. Il aimait les chaussettes fines, les pulls qui ne grattent pas et les bonnets fourrés.

Et par-dessus tout, il détestait avoir mal aux pieds.

Ce jour-là, Rigobert avait usé sa dernière paire de souliers et il devait absolument en acheter d'autres.

Quand il entra dans un magasin de chaussures, le vendeur regarda ses pieds, de la taille d'une baignoire : « Quelle pointure voulez-vous, monsieur ?

— Du cent soixante dix… »

Le vendeur poussa un cri horrifié et Rigobert sortit, découragé.

Mais il décida quand même de continuer sa quête en se rendant dans la ville la plus proche.

Rigobert marcha aussi vite qu'il pouvait, mais ses pieds nus lui faisaient mal. Quand le soleil se coucha, il décida de passer la nuit dans la forêt.

Il se fit un lit de fougères et s'allongea : « Aïe, ça pique ! »

Le géant soupira, il regrettait son lit moelleux.

Soudain, il vit de la lumière. Il se mit en marche et découvrit une chaumière. Il frappa.

« Entrez ! »

Le géant ouvrit et vit une petite vieille toute ridée, qui tricotait au coin du feu.

Il lui raconta son histoire : « Je n'ai pas de souliers pour toi, fit-elle, mais tu peux dormir dans la grange. »

Rigobert s'installa dans la grange où il dormit comme une souche.

Quand il rejoignit la vieille dame, le lendemain, elle lui tendit une paire de chaussettes géantes : « Je t'ai tricoté ça pendant la nuit.

— Merci, s'écria le géant, je n'en ai jamais eu d'aussi belles ! Je les mettrai quand j'aurai trouvé des souliers…

— Bonne chance », fit la vieille.

Rigobert partit, pieds nus, ses chaussettes à la main.

Comme il marchait dans la forêt, il entendit ricaner :
« Voyez ce géant qui va nu-pieds, avec ses chaussettes à la main, qu'il est ridicule ! »

Furieux, le géant se baissa et vit un petit lutin qui se moquait de lui.

Il le souleva par les pieds : « Ah, je suis ridicule ? Débrouille-toi pour trouver des chaussures à ma taille et je te relâcherai, sinon… »

Les lutins, comme on sait, sont d'excellents cordonniers. Le bonhomme se mit au travail et le soir, il donna à Rigobert de superbes chaussures en peau de dragon, aussi grandes que des baignoires.

« C'est parfait, dit le géant. J'en veux une autre paire, en bleu !

— Mais je n'ai plus de cuir, gémit le lutin…

— Bah, tu n'as qu'à trouver un dragon, sourit Rigobert. Il paraît qu'il y en a un près des marais ensorcelés… »

Le lutin partit, traînant les pieds, en direction des marais.

Rigobert, tout fier, enfila ses beaux souliers et rentra chez lui, pour retrouver – enfin ! – sa maison et son lit douillet.

Un étrange vendeur de sable

Les douze coups de minuit venaient de sonner ; pourtant, Augustin n'arrivait toujours pas à dormir.

Il soupira : « Marchand de sable, si tu existes, je t'en prie, passe me voir ! »

À cet instant apparut dans la chambre un homme qui portait un sac sur l'épaule. Pourtant, il ne ressemblait pas à l'idée qu'Augustin se faisait du marchand de sable. Dans ses yeux qui luisaient comme deux billes, on ne lisait nulle gentillesse. Sa barbiche, aussi pointue que son chapeau, faisait plutôt penser… à un sorcier !

L'inconnu salua Augustin d'un ton légèrement moqueur : « Le marchand de sable a beaucoup de travail de par le monde. Je suis venu le remplacer.

Mais contrairement à ce vieux bonhomme trop gentil, je ne donne rien gratuitement.

Je vends mon sable trente billes la poignée. »

Augustin s'exclama : « Espèce de voleur ! C'est trop cher !

— Tant pis pour toi, tu ne dormiras pas, reprit le sorcier. Je vais rester assis sur le tapis toute la nuit, au cas où tu changerais d'avis… »

Bien décidé à s'endormir malgré le sorcier, Augustin se mit à compter des moutons imaginaires pour se laisser bercer par les nombres.

Et voilà qu'au vingtième mouton le troupeau envahit la chambre pour de bon !

Bousculé par les moutons qui galopaient partout, le sorcier tomba à la renverse.

Son sac se répandit au pied du lit et une poussière de sable se mit à flotter sous les yeux d'Augustin. Il eut juste le temps de voir le sorcier disparaître, et s'endormit aussitôt.

Au réveil, le lendemain, Augustin se posa mille questions. Moutons et sorcier, sac et sable, tout avait disparu. Avait-il rêvé ? Qui sait ?

Il se promit bien, en tout cas, de ne plus jamais appeler le marchand de sable à la rescousse…

Super-Achille, le robot destructeur

Un savant fou se présenta un jour à la police en haletant : « Au secours ! Je suis poursuivi par Super-Achille… »

Les policiers, très étonnés, demandèrent au savant :

« **Qui est ce Super-Achille ?**

— C'est ma dernière invention, un robot d'une force extraordinaire que j'ai créé pour servir de bulldozer sur les chantiers. Hélas ! J'en ai perdu le contrôle. Il a pourtant une fragilité qui vous permettrait de le maîtriser facilement. Elle est située dans son… »

À cet instant, le robot arriva à son tour devant le commissariat.

Sa silhouette humaine mesurait six mètres et sa cuirasse blindée lançait des reflets inquiétants. En voyant approcher sa terrifiante création, l'inventeur poussa un cri et s'évanouit !

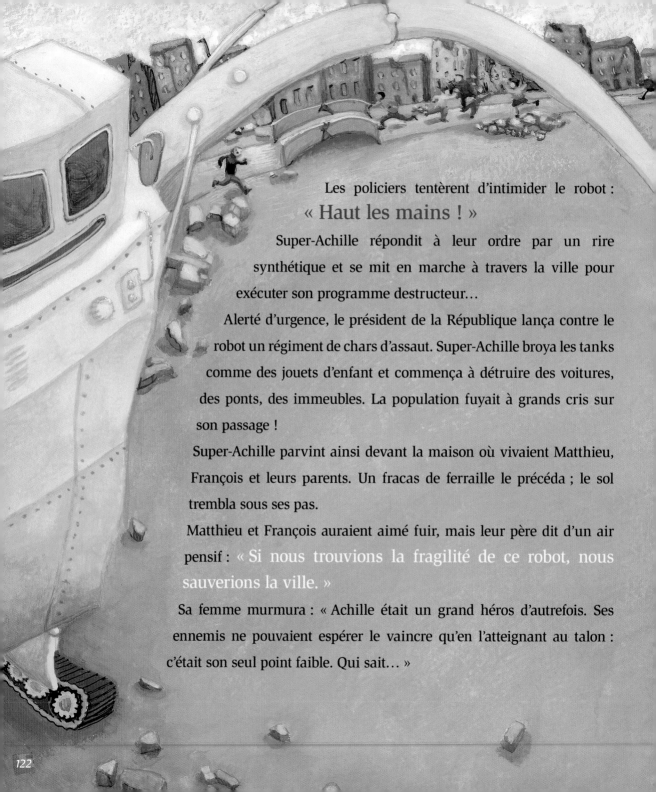

Les policiers tentèrent d'intimider le robot :
« Haut les mains ! »

Super-Achille répondit à leur ordre par un rire synthétique et se mit en marche à travers la ville pour exécuter son programme destructeur…

Alerté d'urgence, le président de la République lança contre le robot un régiment de chars d'assaut. Super-Achille broya les tanks comme des jouets d'enfant et commença à détruire des voitures, des ponts, des immeubles. La population fuyait à grands cris sur son passage !

Super-Achille parvint ainsi devant la maison où vivaient Matthieu, François et leurs parents. Un fracas de ferraille le précéda ; le sol trembla sous ses pas.

Matthieu et François auraient aimé fuir, mais leur père dit d'un air pensif : « Si nous trouvions la fragilité de ce robot, nous sauverions la ville. »

Sa femme murmura : « Achille était un grand héros d'autrefois. Ses ennemis ne pouvaient espérer le vaincre qu'en l'atteignant au talon : c'était son seul point faible. Qui sait… »

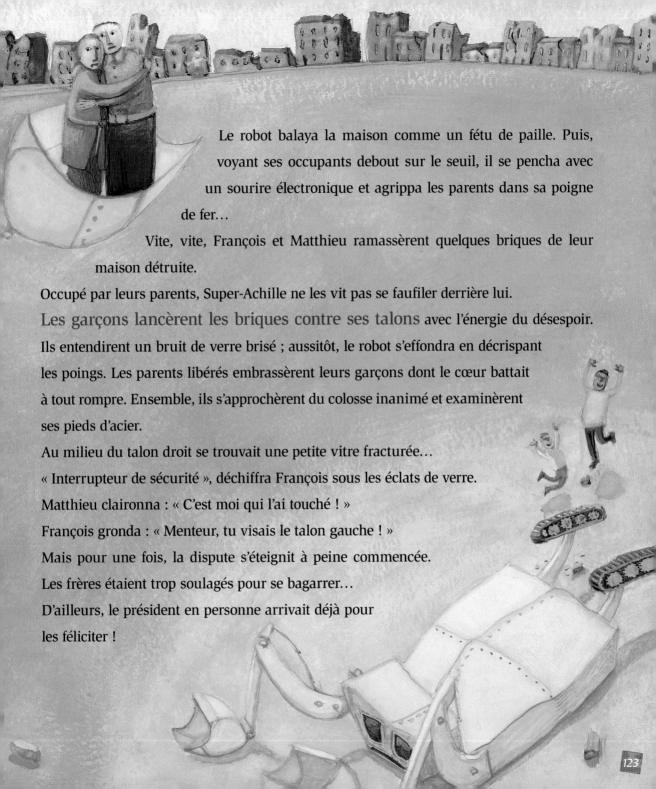

Le robot balaya la maison comme un fétu de paille. Puis, voyant ses occupants debout sur le seuil, il se pencha avec un sourire électronique et agrippa les parents dans sa poigne de fer…

Vite, vite, François et Matthieu ramassèrent quelques briques de leur maison détruite.

Occupé par leurs parents, Super-Achille ne les vit pas se faufiler derrière lui.

Les garçons lancèrent les briques contre ses talons avec l'énergie du désespoir.

Ils entendirent un bruit de verre brisé ; aussitôt, le robot s'effondra en décrispant les poings. Les parents libérés embrassèrent leurs garçons dont le cœur battait à tout rompre. Ensemble, ils s'approchèrent du colosse inanimé et examinèrent ses pieds d'acier.

Au milieu du talon droit se trouvait une petite vitre fracturée…

« Interrupteur de sécurité », déchiffra François sous les éclats de verre.

Matthieu claironna : « C'est moi qui l'ai touché ! »

François gronda : « Menteur, tu visais le talon gauche ! »

Mais pour une fois, la dispute s'éteignit à peine commencée.

Les frères étaient trop soulagés pour se bagarrer…

D'ailleurs, le président en personne arrivait déjà pour les féliciter !

Le goûter de César le loup

Cet après-midi-là, César le loup se réveille de sa sieste avec… une faim de loup !

Son ventre gargouille et il saute de son lit, affamé !

« Miam, miam ! J'ai hâte de prendre mon goûter », se dit César en se brossant les dents. Il grimace devant le miroir, toutes dents dehors : « Hou ! Que je suis effrayant comme ça ! Je vais faire peur à tous les lapins de la forêt, hé hé hé ! »

César se lime les ongles des quatre pattes, brosse ses beaux poils gris et brillants, passe son plus beau costume et sort de chez lui, propre comme un loup neuf.

« Hou, j'ai si faim que je pourrais avaler un âne entier et une cargaison de moutons », hurle César si fort que des oiseaux effrayés s'envolent des branches dans un grand battement d'ailes.

Il salive à l'idée du bon repas qu'il va faire. Slurp !

César accélère le pas. Il a senti l'odeur du goûter, des moutons, des lapins, des biches, des putois… Miam, César va se régaler.

Oh, le goûter se rapproche, il en a l'eau à la bouche.

Et soudain, César les voit. Robert le mouton et Gudule la brebis, assis l'un à côté de l'autre ; Biscotte le lapin avec toute sa petite famille et Arsène le putois !

Hou mazette ! Quel goûter !

Sans hésiter une seconde de plus, César se met à courir et fonce sur les animaux réunis.

Robert le mouton et Arsène le putois le voient les premiers.

Ils s'écrient : « Au loup ! Au loup !

— Cachez les gâteaux, les tartes et les sablés, le loup le plus gourmand de toute la forêt arrive ! » s'exclame Biscotte le lapin en riant, avant de tendre à César une grosse part de gâteau aux cerises et un verre de jus de fruit.

Et c'est tout content que César le loup prend son goûter avec tous ses amis.

L'atelier magique

À l'école des Marronniers, la maîtresse d'Hugo, mademoiselle Mélusine, est une fée ! Elle porte des robes longues, un grand chapeau pointu rose et des tas de colliers qui font de la musique quand elle marche.

Les cours de mademoiselle Mélusine sortent de l'ordinaire : au lieu de mettre les enfants au coin lorsqu'ils ne sont pas sages, elle prononce une formule magique, avec sa super-baguette : « Aksi, poksi, diksi, je ne veux plus de bruit ! »

Et là, les élèves ont beau essayer de crier de toutes leurs forces, aucun son ne sort de leur bouche tant que le sortilège n'est pas annulé !

Aujourd'hui, mademoiselle Mélusine a organisé un atelier de potions magiques !

Hugo voudrait une potion qui le transforme en animal : « Pour explorer les fonds marins, je me transformerai en poisson. Pour aller à l'école, je serai un oiseau et je volerai au-dessus des toits ! Ou bien, si un méchant m'embête, je me transformerai en dragon qui crache du feu ! »

Hugo lit la recette de sa potion : « Faites bouillir un litre de lait de brebis parfumé à la violette. Ajoutez un trèfle à quatre feuilles et laissez-le infuser quinze minutes. Pendant ce temps, mélangez trente grammes de poudre de perlimpinpin avec dix pattes d'araignée. Pour finir, touillez soigneusement le tout avec une cuillère magique. »

Hugo a tout mélangé et il regarde sa fiole remplie d'un liquide verdâtre.

Driiinng ! C'est l'heure de la récréation !

« Youpi ! Emmène ta potion !

Les copains des autres classes ne vont pas en croire leurs yeux ! s'écrie Amandine, la meilleure amie d'Hugo.

— Euh ! Attends un instant, il manque un ingréd… »

Trop tard !

Amandine l'a déjà entraîné dans la cour et Hugo est pressé de faire un essai.

Il avale une gorgée de potion – Pouah ! – et prononce la formule magique pour se transformer en oiseau : « Ocus, pocus, transformus, cui cuitus ! »

Le petit garçon tourne sur lui-même et se retrouve transformé en… éléphant !

Tout le monde se met à hurler et le directeur se précipite dans la cour, il est vraiment très en colère : « Regardez-moi cette pagaille ! Cet éléphant va saccager l'école ! Mademoiselle Mélusine, vous avez intérêt à rendre tout de suite son apparence normale à cet enfant ! »

En trois coups de baguette magique, Hugo redevient un petit garçon.

Mademoiselle Mélusine est désolée que son atelier se soit terminé en catastrophe : « Hugo, petite tête en l'air, il fallait ajouter une pincée de fleurs de pimprenelle ! »

Et devant la mine désolée d'Hugo et d'Amandine, elle ajoute avec un clin d'œil : « La prochaine fois, je vous apprendrai à piloter un balai magique ! »

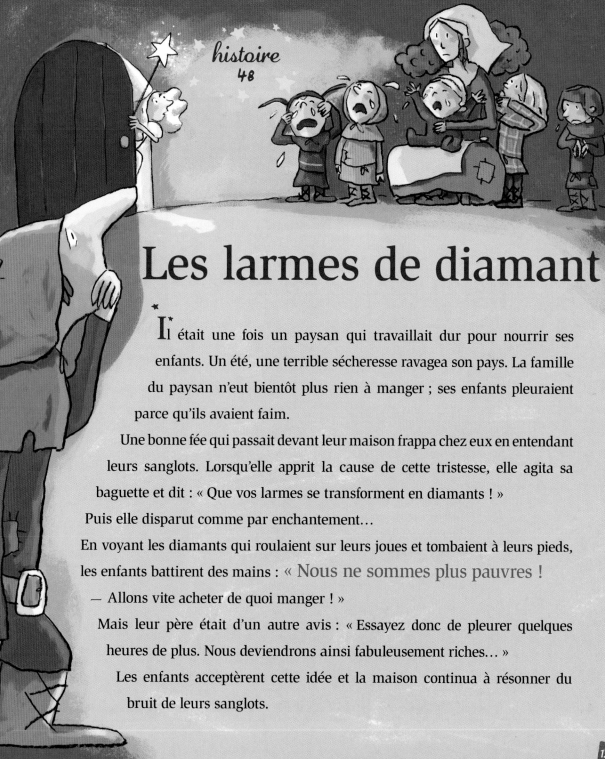

Les larmes de diamant

Il était une fois un paysan qui travaillait dur pour nourrir ses enfants. Un été, une terrible sécheresse ravagea son pays. La famille du paysan n'eut bientôt plus rien à manger ; ses enfants pleuraient parce qu'ils avaient faim.

Une bonne fée qui passait devant leur maison frappa chez eux en entendant leurs sanglots. Lorsqu'elle apprit la cause de cette tristesse, elle agita sa baguette et dit : « Que vos larmes se transforment en diamants ! »

Puis elle disparut comme par enchantement…

En voyant les diamants qui roulaient sur leurs joues et tombaient à leurs pieds, les enfants battirent des mains : « Nous ne sommes plus pauvres !

— Allons vite acheter de quoi manger ! »

Mais leur père était d'un autre avis : « Essayez donc de pleurer quelques heures de plus. Nous deviendrons ainsi fabuleusement riches… »

Les enfants acceptèrent cette idée et la maison continua à résonner du bruit de leurs sanglots.

Un peu plus tard, un lutin frappa à son tour chez le paysan.

« Bonjour, je m'appelle Joyeux.

Puis-je essayer de vous rendre votre gaieté ? »

Le père dit poliment au lutin : « Merci de votre attention, mais nous sommes contents de pleurer…

— Un sourire vaut pourtant cent diamants ! dit le lutin en hochant la tête.

— Nous sommes bien d'accord avec vous, balbutièrent les enfants en sanglotant. Mais à force de nous lamenter depuis des heures, nous avons perdu le secret de la bonne humeur !

– J'ai exactement ce qu'il vous faut. »

Et le lutin ouvrit son sac à malices. Il en sortit un charme mystérieux, un souffle de farces et d'attrapes qui opéra aussitôt sur toute la famille. Le paysan, sa femme et leurs enfants éclatèrent de rire ! Lorsque le père eut repris son souffle, il s'exclama : « En effet, monsieur Joyeux, la gaieté est le plus grand trésor du monde. »

Mais le lutin n'était plus là. Il avait tiré de son sac à malices un peu de poudre d'escampette pour s'en aller inaperçu…

Li Mei et le roi dragon

Dans un petit village, au bord du fleuve Jaune, vivait une famille de pêcheurs. Ils étaient si pauvres qu'ils ne mangeaient pas à leur faim.

Un jour, le père dit à sa femme : « Nous ne pouvons plus continuer ainsi. Notre fille Li Mei est douce et jolie : envoyons-la plaider notre cause auprès du roi dragon, il aura pitié de nous… »

Quand Li Mei apprit qu'elle devait se rendre auprès du redoutable roi dragon, elle eut très peur. Mais elle obéit et quitta le village avec quelques fruits dans un baluchon.

En chemin, elle rencontra un vieux mendiant qui lui demanda : « Par pitié, donne-moi quelque chose à manger ! »

Li Mei prit un fruit dans son sac et le tendit au vieillard qui dit :

« Tu as bon cœur. Pour te remercier, je te donne cet anneau.

Si tu es en danger, mets-le à ton doigt, il te protégera. »

Li Mei quitta le mendiant et poursuivit

sa route.

Elle arriva devant le domaine du roi dragon : l'entrée était gardée par deux lions.

Le plus gros rugit d'un air menaçant : « Qui va là ? »

Li Mei avait très peur, mais elle pensa à sa famille et répondit : « Je m'appelle Li Mei. Mes parents m'ont envoyée vers le roi dragon pour lui demander de l'aide. Nous sommes très pauvres et n'avons rien à manger… »

L'autre lion gronda : « Tu oses déranger le roi pour si peu ? Je vais te donner la leçon que tu mérites ! »

Il sauta vers Li Mei, mais la jeune fille passa l'anneau à son doigt et les lions furent changés en statues de pierre.

Li Mei traversa les jardins et arriva devant le palais ; le roi dragon en personne était devant la porte et ses naseaux crachaient du feu : « Que veux-tu, fille de pêcheurs ? »

Li Mei se prosterna : « Grand roi, mes parents m'ont envoyée chercher de l'aide. Nous sommes très pauvres et n'avons rien à manger…

— Je te donnerai à manger si tu me donnes l'anneau que tu portes à ton doigt. »

Li Mei hésita, mais c'était sa dernière chance de nourrir sa famille ; elle ôta donc l'anneau et le tendit au roi, qui déclara : « Li Mei, tu as bon cœur et tu as du courage. Le vieux mendiant et les lions étaient des serviteurs que j'avais envoyés pour te mettre à l'épreuve. Tu as mérité ta récompense. Monte sur mon dos, nous allons retrouver tes parents. »

Et, d'un coup d'ailes, ils s'élevèrent dans les airs.

Ils se posèrent devant la cabane du pêcheur, toute la famille en sortit et se prosterna devant le roi.

Le roi dragon se mit à souffler du feu et un troupeau de buffles apparut sur la berge. Il cracha des flammes, et dix sacs de riz s'empilèrent devant la cabane.

La famille de Li Mei était désormais à l'abri du besoin.

Ils remercièrent le roi dragon et, chaque année, Li Mei reprit le chemin du palais pour lui porter ses vœux de bonne année.

Le crabe soldat

Depuis qu'il est tout petit, Ernest le crabe rêve de devenir soldat.

Il veut défendre son pays et porter un bel uniforme pour défiler devant les étoiles de mer.

Or, ce matin, une affiche est placardée sur une coquille Saint-Jacques :

AVIS À TOUS LES ANIMAUX DES OCÉANS.

VENEZ DÉCOUVRIR LE MÉTIER DE SOLDAT.

RENDEZ-VOUS AU MASSIF DE CORAIL.

« Quelle chance ! » se dit Ernest qui court aussitôt vers le massif de corail. Poissons, huîtres, hippocampes, crevettes sont là, eux aussi, en rang devant le sergent murène.

« Chers amis, dit le sergent d'une voix forte. Vous allez découvrir le métier de soldat. À mon commandement, marche ! » Aussitôt la colonne de jeunes soldats se met en marche. Hélas, un crabe ne sait pas marcher droit devant lui. Il se déplace toujours de travers.

Tandis que la colonne file droit, Ernest part… sur le côté !

« Soldat Ernest ! le rappelle à l'ordre le sergent murène. Que faites-vous ? »

Ernest, tout confus, revient dans le rang, se met de profil et poursuit la marche, de guingois. Ses camarades pouffent de rire.

« Garde à vous ! » tonne le sergent.

Cette fois encore, Ernest s'emmêle les pinces. Laquelle de ses pattes doit-il lever pour saluer son sergent ? Tous les animaux marins gloussent en cachette.

« Soldat Ernest ! demande le sergent murène. Que faites-vous ? »

Ernest baisse la tête, un peu honteux, puis il salue de son mieux.

« Soldats, demi-tour, droite ! » ordonne la murène. Pauvre Ernest ! Il est le seul à se tenir de profil. Aussi, lorsqu'il va à droite, le voilà qui tourne le dos aux autres soldats !

Cette fois-ci, les poissons, les huîtres, les hippocampes et les crevettes éclatent franchement de rire. Ils rient tant et tant qu'ils ne font plus attention, trébuchent et tombent les uns sur les autres. Quelle pagaille !

« Soldat Ernest ! hurle le sergent murène. Que faites-vous ? »

Ernest regarde autour de lui. Il est le seul soldat encore debout.

« Je déconcentre l'ennemi, sergent,

répond-il en souriant. Pour le mettre hors d'état de nuire ! »

Après cet exploit, Ernest fut nommé caporal-chef !

Akim
et le crocodile

Il était une fois, il y a très longtemps, en Afrique, un petit village construit près d'un fleuve. Tous les jours, les habitants le traversaient pour se rendre dans le village voisin ou y allaient pour pêcher.

Mais un matin, une villageoise revint en courant au village. Apeurée, elle annonça : « Un énorme crocodile a surgi de l'eau et a voulu me dévorer ! » Aussitôt, un groupe d'hommes armés de lances prit la direction du fleuve. Ils découvrirent le crocodile qui les regardait, la gueule grande ouverte. « Il est gigantesque ! » murmura l'un des hommes. Et tous, terrifiés, s'enfuirent sans demander leur reste.

Les jours passèrent. Chaque fois qu'un habitant se risquait au bord du fleuve, il découvrait le crocodile qui attendait, toutes dents dehors, sans bouger. Plus question d'aller pêcher ou d'aller jouer au bord du fleuve tant que ce monstre serait là.

Alors un jour, un jeune homme, Akim, en eut assez.

« Je dois aller visiter un ami dans le village voisin. Je passerai le fleuve, et ce n'est pas ce maudit crocodile qui m'en empêchera ! » Et Akim partit.

Quand il arriva non loin de l'animal, Akim rassembla tout son courage et cria : « Crocodile ! Que veux-tu ? »

La gueule ouverte, le crocodile répondit alors : « 'ai 'al aux 'ents. Ai' 'oi. » Méfiant, Akim s'arrêta. Le crocodile avait parlé, non ? Mais il n'avait pas compris un mot. Avec prudence, il s'approcha de l'animal qui ferma soudain la bouche avec une grimace de douleur. « S'il te plaît, aide-moi, j'ai affreusement mal aux dents. » Et il rouvrit sa gueule en grand. Akim regarda alors dans la gueule du crocodile. « Mais oui, tu as une énorme carie. Elle doit te faire beaucoup souffrir. »

Akim attacha alors une ficelle autour du croc malade du crocodile et tira dessus de toutes ses forces. « Aïe ! cria le crocodile, avant de pousser un soupir de soulagement. Oh, ça va beaucoup mieux. Mille mercis et adieu. » Et il s'en alla pour toujours.

C'est ainsi qu'Akim devint le héros de son village.

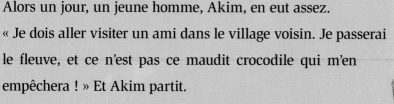

Le prince sans pitié

Le royaume de la Sombre-Forêt était un pays heureux. Le roi dirigeait le pays avec bonté, mais son fils était maussade et cruel. Au lieu de délivrer les demoiselles en détresse, comme tout bon chevalier, il n'aimait que chasser dans les bois.

Il ravageait tout sur son passage, tuant biches et chevreuils par dizaines. Les paysans dont il piétinait les champs l'avaient surnommé le « prince sans pitié ».

La magicienne qui vivait dans la forêt en eut assez et décida de lui donner une bonne leçon…

Un jour qu'elle cueillait des baies, elle entendit un cheval et des chiens : le prince venait chasser par-là. Quand il s'engagea dans les bois, il aperçut au loin une biche qui semblait l'attendre ; il prépara son arc.

La magicienne, déguisée en mendiante, surgit d'un fourré et se jeta à ses pieds : « Par pitié, épargnez ma biche ! Elle est apprivoisée, je prends soin d'elle depuis que je l'ai trouvée, blessée, dans la forêt… »

Le prince ne la regarda même pas ; il prit son arc, y plaça une flèche et tira. La biche ne bougeait pas… Mais avant que la flèche l'atteigne, elle se transforma en une belle jeune fille. La flèche la toucha à l'épaule, et elle s'écroula sur le sol.

Bouleversé, le prince courut jusqu'à elle. La magicienne l'observait d'un air sévère.

Le prince demanda : « Qui êtes-vous ?

— Je suis la magicienne de la Sombre-Forêt…

— Aidez-moi, il faut sauver cette jeune fille !

— Pourquoi le ferais-je ? se moqua la magicienne.

— Mais elle va mourir !

— Auriez-vous pitié d'elle ? »

Le prince se pencha sur la jeune fille ; elle était très pâle et ses longs cheveux blonds lui glissaient sur l'épaule.

Il répondit dans un souffle : « Oui… »

À ces mots, la magicienne frappa des mains, la jeune fille ouvrit les yeux et se leva, guérie de sa blessure.

Le prince s'apprêtait à lui déclarer son amour, mais elle reprit son apparence de biche et partit au plus profond des bois.

Terriblement déçu, le prince se tourna vers la magicienne :

« Quel est ce sortilège ? Rendez-moi la jeune fille, sinon…

— Vous me menacez ? Je vois, hélas, que votre cœur est toujours endurci. Cette jeune fille est ma filleule, mais vous n'êtes pas digne d'elle. Je vous condamne à errer dans la forêt jusqu'à ce que vous soyez devenu un vrai chevalier, aussi bon que courageux. Adieu ! »

Elle disparut et le prince se retrouva seul.

Pendant cent jours et cent nuits, il erra dans la forêt. Les premiers jours il était en colère et maudissait la magicienne mais, peu à peu, il se mit à réfléchir et à méditer.

Un jour de printemps, enfin, il s'éveilla, le cœur léger et le sourire aux lèvres ; il vit près de lui la jeune fille qui lui souriait.

Le prince et la jeune fille vécurent heureux et, quand le roi mourut, ils régnèrent sur le royaume avec justice et sagesse.

La sorcière
apprentie pâtissière

Il était une fois une sorcière qui survolait un petit village sur son balai.

En passant au-dessus d'une pâtisserie, elle manqua tomber tant l'odeur qui sortait de la cheminée de la boutique était délicieuse.

Alléchée, la sorcière atterrit près de la pâtisserie et passa la tête par la fenêtre ouverte. Un pâtissier était en train de mettre au four une énorme quantité de gâteaux de toutes les couleurs. La sorcière les trouva tous plus merveilleux les uns que les autres. C'est à ce moment qu'elle vit le livre de recettes du pâtissier sur la table et, sans hésiter une seconde, en une formule magique, elle le mit dans sa poche. Le pâtissier se retourna.

« Hé ! Que faites-vous ? Je… »

Le malheureux n'eut pas le temps d'en dire plus. La sorcière venait de le changer en crapaud ! Elle s'envola en ricanant.

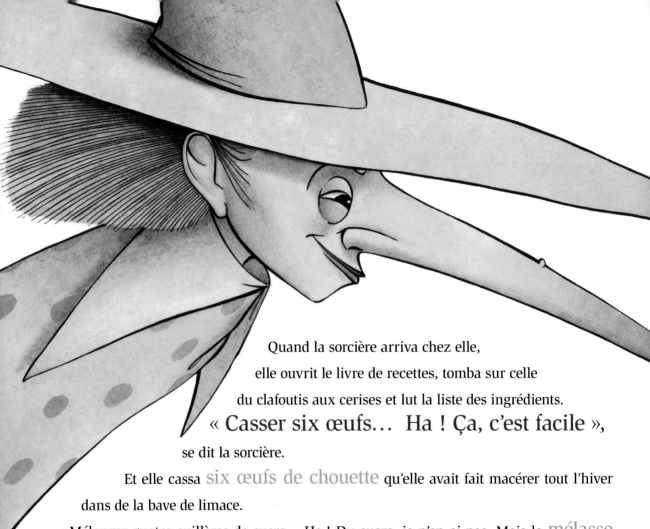

Quand la sorcière arriva chez elle,

elle ouvrit le livre de recettes, tomba sur celle

du clafoutis aux cerises et lut la liste des ingrédients.

« Casser six œufs… Ha ! Ça, c'est facile »,

se dit la sorcière.

Et elle cassa six œufs de chouette qu'elle avait fait macérer tout l'hiver

dans de la bave de limace.

« Mélanger quatre cuillères de sucre… Ha ! Du sucre, je n'en ai pas. Mais la mélasse

que j'utilise pour capturer les mouches fera bien l'affaire ! »

Et elle mélangea la mélasse… accompagnée de centaines de mouches, aux œufs.

« Saupoudrer d'un peu de farine… Ha ! De la farine ? se dit la sorcière contrariée. Jamais

entendu parler de ce truc ! »

Elle décida de mettre à la place de la poudre de toile d'araignée. On verrait bien.

« Une cuillère de levure… Ha ! Mais qu'est-ce que c'est encore que ça ! explosa la sorcière

en colère. C'est compliqué tous ces ingrédients farfelus. »

De rage, elle jeta une poignée de poils de souris séchés dans le mélange. Quant aux cerises, la sorcière n'aimait pas ça. Elle les remplaça par des crottes de raton laveur. Elle mélangea le tout, versa dans un grand moule, le mit au four… et attendit.

« Hou ! Que ça sent mauvais !

gémit la sorcière en sortant son horrible gâteau du four. Je l'ai complètement raté ! » Et elle se mit à pleurer.

Soudain, on frappa à la porte. La sorcière alla ouvrir. Devant elle se tenait un vieux crapaud : le pâtissier !

« Côa, côa, rendez-moi ma forme humaine !

— D'accord, dit la sorcière, mais vous m'apprendrez à faire de bons gâteaux !

— Côa, d'accord ! » répondit le pâtissier.

La sorcière rendit donc au pâtissier sa forme humaine et il lui apprit à faire de vrais gâteaux. La sorcière fut une élève très douée, car elle avait beaucoup de patience pour touiller et mélanger. Et elle devint très vite la plus célèbre des sorcières-pâtissières.

Turbo, le super-héros
chatouilleux

Turbo était l'homme le plus rapide du monde ; il traversait le ciel comme une étoile filante, sauvant les gens du danger en quelques secondes !

Mais depuis quelque temps, Turbo avait un gros problème :

il était devenu chatouilleux.

Dès qu'il prenait de la vitesse, le vent le chatouillait et il se mettait à rire. Il ne pouvait plus répondre aux appels de détresse.

« Tous les habitants comptent sur moi, je dois trouver une solution ! » s'exclama-t-il.

Pour se protéger du vent, Turbo décida de changer de combinaison : il troqua son collant rouge aérodynamique contre une épaisse tenue de plongée. Mais il y avait sûrement des petits courants d'air, car il se mit à rire sitôt qu'il prit son envol et ne reprit son sérieux que lorsqu'il toucha le sol.

Turbo ne s'avoua pas vaincu ; il fouilla dans ses affaires et trouva une lourde armure de fer. Il pensa qu'elle l'isolerait mieux du vent mais, dès qu'il fut dans les airs, Turbo sentit immédiatement les chatouilles et il redescendit à toute vitesse en riant aux éclats.

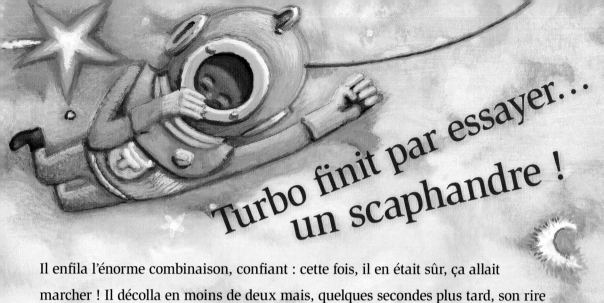

Turbo finit par essayer… un scaphandre !

Il enfila l'énorme combinaison, confiant : cette fois, il en était sûr, ça allait marcher ! Il décolla en moins de deux mais, quelques secondes plus tard, son rire résonna dans le grand ciel bleu.

Turbo se posa sur le sol, désespéré : il n'avait plus de solution, il allait devoir changer de métier.

Tandis qu'il ôtait son encombrant costume, il aperçut sur son bras une toute petite plume blanche, un duvet très léger.

« J'ai compris, c'est toi, petite traîtresse, qui me chatouilles dès que je prends de la vitesse ! »

Il souffla sur son bras et la petite plume s'envola délicatement vers le ciel.
Sans plus attendre, Turbo retrouva son fidèle collant rouge et, lorsqu'il s'envola de nouveau pour sauver la planète, il croisa au milieu des nuages la petite plume blanche qui poursuivait son voyage.

Le mystère
du hennin d'or

Lors d'une promenade en forêt, le jeune roi Henri croisa sur son chemin une ravissante jeune fille. Elle portait un hennin d'or, une coiffe pointue incroyablement haute, mais le roi ne releva pas cet étrange détail tant il était charmé par la beauté de l'inconnue. Arrêtant son carrosse, il mit un genou à terre :

« Mademoiselle, un bal se donne ce soir en mon château. Je dois y choisir mon épouse. Je souhaite ardemment votre présence. »

La jeune fille accepta d'accompagner le roi, mais la hauteur de son hennin l'empêchait de s'asseoir dans le carrosse.

Le roi suggéra à la jeune fille d'ôter sa coiffe, mais un éclair de terreur brilla dans ses yeux ! Henri n'insista pas. Il détacha un cheval de l'attelage et galopa avec la jeune fille jusqu'au château.

Le soir venu, au bal, on admira cette inconnue d'une exceptionnelle beauté. Le roi ne dansa qu'avec elle. Un moment, en tournoyant dans ses bras, elle faillit perdre son hennin et eut un regard épouvanté. Sa peur n'échappa pas à Gertrude, une méchante princesse dévorée de jalousie.

« Quel mystère dissimule cet incroyable hennin ? » susurra-t-elle.

À la fin du bal, Henri s'adressa à la foule : « Mon cœur a choisi votre reine. Je vais épouser ma cavalière au hennin d'or. »

Le lendemain, tout le royaume se pressa au couronnement de la reine. Gertrude était assise au premier rang et, quand le roi approcha la couronne de la tête de son épouse, elle bondit :

« Sire ! Laissez-moi ôter le hennin de la reine.

Dans votre distraction, vous alliez enfiler la couronne par-dessus ! »

Elle arracha la coiffe d'un geste brusque.

Sous le hennin apparut alors une longue corne…

Dans un cri de détresse, la reine se transforma en licorne et s'enfuit au galop !

Sans réfléchir, Henri sauta sur un cheval et se jeta à la poursuite de la licorne. Pour tenter d'arrêter sa course, il lança vers elle la couronne qu'il tenait encore à la main.

La couronne glissa sur la corne et se posa sur la tête de l'animal. À cet instant, la licorne reprit sa forme humaine : même la corne avait disparu.

La jeune fille tomba dans les bras du roi et raconta son secret : « En vous voyant dans la forêt, je suis tombée amoureuse de vous. J'ai supplié la fée Mélusine de me changer en femme dans l'espoir de vous conquérir ! Mais la fée a ses caprices… Elle m'a laissé ma corne en disant : " Si l'on découvre ta corne avant ton mariage, tu redeviendras licorne.

Mais, à l'instant où le roi posera la couronne sur ta tête, tu seras une femme pour toujours. " »

Fou de joie, Henri ramena son épouse au château, où ils vécurent très heureux.

De son passé de licorne, la reine gardait un regard magique que le roi ne se lassa jamais de contempler.

Viola,
le jeune mousse

Il était une fois une jeune fille désespérée qui s'appelait Viola. Le pirate Griffe Noire dont elle était amoureuse avait disparu pendant un voyage en mer, sans laisser de traces.

Elle décida de partir à sa recherche. Elle se déguisa en garçon et elle embarqua comme mousse sur le galion du pirate Terreur des Mers. La vie sur le navire était très difficile. Cruel, sans merci, Terreur des Mers punissait les marins si le pont était mal lavé, il les faisait fouetter si son repas était froid, il les enfermait dans la cale si le navire voguait trop lentement.

Heureusement, Viola s'était liée d'amitié avec un grand chat noir, chargé de chasser les rats du bateau. Le soir, elle s'asseyait sur le pont avec son compagnon, et elle lui contait son chagrin et sa peur de ne jamais revoir Griffe Noire.

Le chat l'écoutait et ronronnait : Viola avait le sentiment qu'il la comprenait.

Un jour, Terreur des Mers surgit sur le pont, fou de rage. Il tenait le chat par la peau du cou et le secouait en hurlant :

« Cette sale bête a dévoré mon poulet !

Voilà ce que je réserve aux voleurs de son espèce ! »

Le pirate tirait déjà son épée pour embrocher l'animal.

Horrifiée, Viola poussa un grand cri. Elle se jeta de toutes ses forces sur le pirate et le poussa contre le bastingage. Déséquilibré, Terreur des Mers lâcha le chat et passa par-dessus bord !

Au même instant, le chat noir prit l'apparence d'un beau jeune homme.

« Griffe Noire ! »

s'écria Viola, et elle se jeta dans ses bras.

Griffe Noire lui raconta tout : Terreur des Mers lui avait jeté un sort qui ne pouvait être brisé que par l'amour et le courage d'une femme. « Et le tien vaut celui de mille pirates », dit Griffe Noire à Viola, qui, depuis cette aventure, est de tous les voyages.

Seiji et les origamis

Un matin, le directeur entra chez les CP, accompagné d'un petit garçon aux yeux bridés : « Je vous présente un nouvel élève. Il s'appelle Seiji.

Il arrive du Japon, une île située au bout du monde. Accueillez-le avec gentillesse. »

Quelques jours passèrent. Seiji apprenait à écrire à une vitesse incroyable. Le maître le félicitait chaudement, ce qui exaspérait Johnny, le gros dur de la classe…

Un matin, les CP travaillaient en silence lorsque Johnny s'écria : « Hé, petit singe savant, on dirait que tu gobes tout rond les lignes d'écriture ! »

La classe pouffa de rire.

Seiji pâlit sous l'insulte, mais expliqua calmement : « Au Japon, nous avons un alphabet différent.

Il faut connaître au moins 3 000 lettres pour savoir lire. 26 lettres, ce n'est pas long à apprendre. »

Un murmure stupéfait courut dans les rangs. 3 000 lettres ? Les élèves n'avaient plus envie de se moquer de Seiji. Certains commencèrent même à lui parler !

Soudain, une sirène se déclencha. C'était un exercice pour s'entraîner à évacuer la classe en cas d'incendie. Tout le monde se leva… sauf Seiji qui s'était assis sous sa table.

Johnny éclata de rire : « C'est ça, cache-toi. Tu es vraiment débile ! Vous avez vu, les gars ? »

Seiji répondit : « Au Japon, il y a d'énormes tremblements de terre. Lorsque l'alarme sonne, il faut s'abriter sous les tables : si le plafond s'effondre, on ne risque pas d'être écrasé. »

La classe l'écoutait, impressionnée. Seiji parlait avec calme. Il avait l'air sacrément courageux devant le danger ! Même les meilleurs copains de Johnny le laissèrent tranquille. Mais Johnny, lui, ne désarmait pas. Quand le maître avait le dos tourné, il envoyait des avions en papier dans le dos de Seiji en se moquant de lui.

Lorsqu'il rentra chez lui, Seiji raconta l'histoire à sa maman et soupira :

« Je ne sais pas quoi faire pour me défendre contre Johnny. »

Sa maman sourit.

« Les coutumes changent d'un pays à l'autre, Seiji. Mais dans les écoles du monde entier, il y a des gros durs et ils sont tous les mêmes. On peut parfois les apprivoiser en les prenant par la surprise. Écoute mon plan… »

Le lendemain matin, quand Seiji reçut le premier avion, il le ramassa, il plia et replia la feuille et, quelques minutes plus tard, elle était devenue un magnifique éléphant. Avec le deuxième avion, Seiji fit une girafe, et avec le troisième, un requin. C'étaient des origamis, des pliages japonais.

Finalement, quand l'heure de la récré sonna, c'est Johnny qui vint voir Seiji :

« Tes bestioles sont beaucoup
plus belles que mon avion.
Si tu m'apprenais à en faire ?
On pourrait devenir copains… »

La charge
de l'ours blanc

« Amok ! Où es-tu ? »

Ce n'est pas juste pour Gricha. Son grand frère Amok est le meilleur joueur de cache-cache du village esquimau. Quand vient son tour de le chercher, elle ne le trouve jamais.

« Amok, où es-tu ? »

Un grand silence lui répond. Rien ne bouge sur la banquise et Gricha, qui vient d'attraper le hoquet, continue d'appeler son frère sans succès.

« Amok, hic, où es-tu ? »

Soudain, la fillette entend derrière elle un bruit d'éclaboussures venant de la mer. Elle se retourne. Au loin, une tête blanche dépasse de l'eau. Le cœur de Gricha s'arrête sous l'effet de la peur. Amok est tombé à la mer ! Il va mourir gelé !

La fillette, impuissante, hurle le nom de son frère. « Amooook ! »

La voix calme d'Amok s'élève alors de derrière un bloc de glace : « Arrête de faire tant de bruit, Gricha, je ne me noie pas ! J'étais caché là ! »

Mais alors… à qui appartient cette tête blanche qui semble maintenant galoper sur les flots ?

La fillette comprend soudain : c'est l'ours blanc qui fonce vers elle, le grand prédateur de la banquise, le dévoreur d'hommes !

Gricha se remet à crier : « Au secours ! »

Amok a compris le danger. Il bondit hors de sa cachette, court vers sa sœur pour la protéger, mais il glisse sur la neige et tombe de tout son long.

Pendant ce temps, l'ours a déjà atteint la rive. Il s'ébroue, pousse un grognement terrible et s'élance vers Gricha. Le martèlement de sa course fait trembler la banquise.

Amok hurle pour détourner l'attention de la bête…

Mais déjà l'ours géant est devant la petite fille, dressé sur ses pattes arrière.

Il ouvre une gueule monstrueuse… et gronde : « Je suis l'ours du hoquet. Je ne mange que des poissons ; mais quand j'entends un " hic " au loin sur la banquise, je fonce et je fais tellement peur que cela suffit à faire passer le hoquet ! »

Gricha reste pétrifiée. L'ours blanc l'examine et grogne gentiment : « Tu n'as plus le hoquet, tu pourrais me remercier ! La peur t'a aussi fait perdre ta langue ? »

Et il s'éloigne en se dandinant lourdement sur la glace.

Le mystérieux judoka

Ochio-san est le meilleur judoka du monde. Aujourd'hui, après s'être mesuré aux adversaires les plus célèbres de la planète, il vient de recevoir le titre de champion de judo !

La nuit venue, dans son lit, l'excitation l'empêche de s'endormir. Il repense avec fierté à tous ses combats.

Trois longues heures s'écoulent sans que ses yeux se ferment.

Ochio-san commence à sentir la fatigue lui peser. Il essaie de se chanter des berceuses, de se raconter des histoires ennuyeuses, de compter les étoiles du ciel pour que son esprit s'engourdisse. Peine perdue !

À chaque instant, le sentiment de sa gloire revient l'éveiller : « J'ai déjà compté six cent cinquante-quatre mille deux cent sept étoiles…

MAIS IL N'Y A QU'UN SEUL CHAMPION DE JUDO AU MONDE, ET C'EST MOI ! »

Soudain, la porte de sa chambre s'ouvre doucement et une ombre s'approche de son lit. Stupéfait, Ochio-san découvre devant lui un inconnu en tenue de judoka. Sa tunique est blanche comme la lune, sa ceinture, noire comme les ténèbres de la nuit…

Plus éveillé que jamais, Ochio-san demande à l'étranger :

« QUI ES-TU ? TU NE FAIS PAS PARTIE DES ADVERSAIRES QUE J'AI COMBATTUS AUJOURD'HUI !

— Non. C'est pourquoi je viens te voir à cette heure tardive. Accepterais-tu de te mesurer à moi ? »

Ochio-san se lève immédiatement et fait face au mystérieux judoka. La lutte commence, légère et aérienne comme une danse. Ochio-san comprend vite qu'il a affaire à quelqu'un d'exceptionnel : l'inconnu déjoue toutes ses prises, esquive ses ruses avec agilité, et rien, dans l'art d'Ochio-san, ne semble jamais le surprendre !

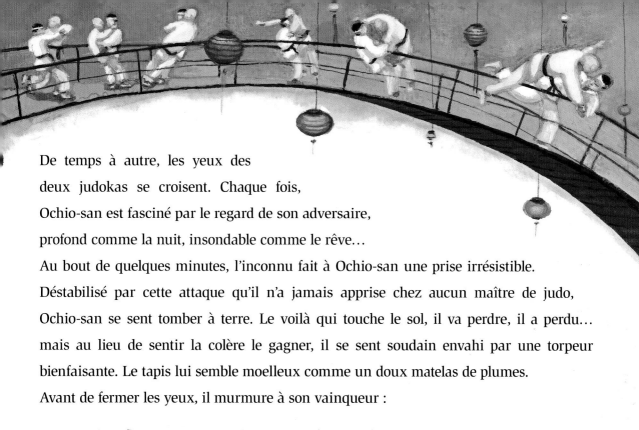

De temps à autre, les yeux des
deux judokas se croisent. Chaque fois,
Ochio-san est fasciné par le regard de son adversaire,
profond comme la nuit, insondable comme le rêve…
Au bout de quelques minutes, l'inconnu fait à Ochio-san une prise irrésistible.
Déstabilisé par cette attaque qu'il n'a jamais apprise chez aucun maître de judo,
Ochio-san se sent tomber à terre. Le voilà qui touche le sol, il va perdre, il a perdu…
mais au lieu de sentir la colère le gagner, il se sent soudain envahi par une torpeur
bienfaisante. Le tapis lui semble moelleux comme un doux matelas de plumes.
Avant de fermer les yeux, il murmure à son vainqueur :

« ME DIRAS-TU ENFIN TON NOM ?

— Je suis le prince du sommeil, répond l'inconnu d'une voix douce comme un songe.
Tu peux t'endormir en paix : tu m'as résisté longtemps. Il a fallu que je prenne l'apparence
d'un judoka pour te vaincre enfin en combat singulier !

Bonne nuit maintenant
et repose-toi bien, tu l'as mérité. »

histoire 60

Un cow-boy trop gourmand

Un cow-boy cheminait dans le désert brûlant et les Peaux-Rouges l'épiaient avec inquiétude.

Il avait un bagage mystérieux : une énorme boule blanche, plus haute qu'un tipi de chef, montée sur une charrette ! Elle devait être lourde, car le cheval qui la tirait avançait comme un escargot. Le plus étonnant, c'est que la boule rapetissait au fil du temps.

C'est pourquoi les Peaux-Rouges avaient surnommé ce Blanc « Escargot Rapetissant ». Les Indiens envoyèrent leur meilleur espion en observation.

Il revint terrifié : « Ugh ! Fennec Rusé a touché la boule. La peau de ses doigts a failli y rester collée. Elle est d'un froid qui n'existe pas sur Terre. Fennec Rusé le déclare : Escargot Rapetissant est un démon ! »

Très inquiets, les chefs des cinq tribus du désert se réunirent et déterrèrent la hache de guerre. Ce fut la plus grande attaque peau-rouge de tous les temps. Escargot Rapetissant fut fait prisonnier.

« Ugh ! Avant d'être scalpé, livre-nous ton secret. Qu'est-ce que c'est que cette boule démoniaque ? demande le plus vieux chef.

— Ma gourmandise m'a perdu ! Je suis un pauvre cow-boy qui explore le Far West. Mais j'aime manger chaque soir une bonne glace à trois boules. Et où trouver des glaces dans ces plaines brûlantes ? J'ai donc apporté un iceberg depuis le pôle Nord, pour maintenir au froid ma réserve de glaces », répondit en tremblant Escargot Rapetissant.

Les chefs se grattèrent les plumes de la tête, interloqués. Escargot Rapetissant tenta sa dernière chance : il leur offrit un cornet à trois boules. Ils le dégustèrent en silence. Le plus âgé pleurait d'émotion : il n'avait jamais rien mangé d'aussi bon. Il alluma le calumet de la paix, en tira une bouffée et le passa à Escargot Rapetissant avec une grimace : « Ugh, désolé ! Ce calumet n'a aucun goût après un délice pareil. Reste avec nous, Escargot Gourmand, nous t'offrons l'hospitalité en échange d'une glace de temps en temps ! »

Les voisins

Il était une fois, au fond d'une forêt sinistre, peuplée d'arbres morts et de vieux hiboux édentés, un sorcier et une sorcière qui vivaient tout près l'un de l'autre. Les fleurs ne poussaient pas dans ce labyrinthe de branches griffues, et les lapins, les biches et les écureuils avaient fui depuis longtemps. Les deux voisins étaient donc tranquilles, mais ils se détestaient !

Les premiers temps, quand ils se rencontraient dans les bois, ils ne se parlaient pas, même pas un petit bonjour. Puis, de leur fenêtre, ils s'étaient lancé des insultes : « Vieille noix bossue ! », « Espèce de patate pourrie ! », « Grosse pustule ! », « Face de limace ! ».

Ensuite, Grognon le sorcier avait jeté un sort au crapaud préféré de Zaza la sorcière qui se servait de sa bave empoisonnée pour ses potions magiques. Pendant une semaine, le crapaud cracha des pâquerettes, ingrédient complètement inutile pour une sorcière digne de ce nom !

Alors, pour se venger, Zaza fit pleuvoir des trombes d'eau sur la maison de Grognon.

Du coup, sa poudre de pattes de cafard toute mouillée était bonne à jeter !

Furieux, Grognon essaya de transformer Zaza en vieille chouette pelée, mais il se trompa dans sa formule et il métamorphosa sa voisine en… belle jeune fille !

En se voyant si jolie dans son miroir, Zaza eut une idée et elle s'écria : « Je vais écrire à tous les princes charmants des alentours. L'un d'eux tombera amoureux de moi, je deviendrai une princesse, et toi, vieux hibou, tu resteras tout seul ! »

Et la sorcière claqua la porte de sa maison en ricanant.

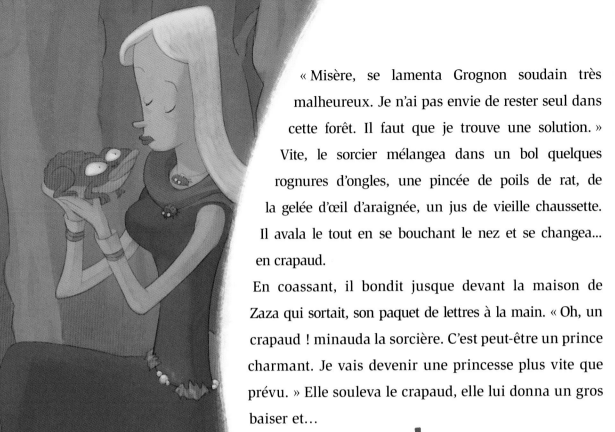

« Misère, se lamenta Grognon soudain très malheureux. Je n'ai pas envie de rester seul dans cette forêt. Il faut que je trouve une solution. » Vite, le sorcier mélangea dans un bol quelques rognures d'ongles, une pincée de poils de rat, de la gelée d'œil d'araignée, un jus de vieille chaussette. Il avala le tout en se bouchant le nez et se changea... en crapaud.

En coassant, il bondit jusque devant la maison de Zaza qui sortait, son paquet de lettres à la main. « Oh, un crapaud ! minauda la sorcière. C'est peut-être un prince charmant. Je vais devenir une princesse plus vite que prévu. » Elle souleva le crapaud, elle lui donna un gros baiser et...

« Haaa !
Un affreux sorcier, s'écria la sorcière.

— Haaa, une vilaine sorcière », s'écria le sorcier. Les deux voisins se regardèrent et partirent soudain dans un irrésistible fou rire. « Tu m'as tendu un piège, vieux cochon ! dit la sorcière.

— Et toi, tu n'es pas une vraie princesse, gargouille ! » répondit le sorcier.

Ainsi, les deux amis reprirent leurs chamailleries et tout rentra dans l'ordre.

Le sosie
de Mousticman

« Au secours ! »

Mousticman vient juste d'entrer dans son bain quand une voix
résonne dans la forêt. Ses antennes se mettent à vibrer. « Encore !
Vraiment, les gens ne savent plus se débrouiller seuls ! »

Tant pis pour les p'tites bulles et la belle mousse ! Mousticman enfile
sa super-cape rouge à paillettes, met ses petites lunettes à rayons
orange et vole au secours de la voix en détresse.

En un tour de main, le méchant est maîtrisé, la victime, soulagée.
Mais à la longue, le super-héros est épuisé !

Mousticman décide de consulter le magicien : « Je suis trop fatigué,
je ne sais plus où donner de la tête. Aide-moi ! »

Le magicien réfléchit, plonge son nez dans le grimoire...

« J'ai trouvé ! Je vais te faire un double qui t'aidera quand tu auras trop
de travail. Il te ressemblera et aura les mêmes super-pouvoirs. »

Le magicien mélange dans un énorme chaudron deux coquilles
d'escargots, une queue de lièvre, une langue de serpent, un dard de
guêpe, un poil et une goutte de sang de Mousticman...

Abracadabroum !

Et voilà le sosie de Mousticman, prêt à prendre la relève !

« Au secours !

— Allez, Sticmou, c'est ton tour ! » jubile Mousticman.

Enfin tranquille, il s'installe dans son jardin sur une chaise longue et sirote un jus de fraise. Mais plusieurs cris retentissent de nouveau :

« Au secours !

— Arghhhhhh !

— Mais que fait Sticmou ? » Mousticman est inquiet ; il bondit et arrive sur les lieux de l'agression. En une seconde, il met le monstre en fuite.

« Mais où est Sticmou ? »

Mousticman n'en revient pas ! Son double est caché derrière un arbre. Il est tout tremblant de peur, les antennes courbées.

Mousticman attrape Sticmou par le bras et l'emmène chez le magicien : « Magicien, ça ne marche pas. Ce Sticmou est un vrai froussard. » Le magicien caresse sa barbe. Il s'interroge et feuillette son livre de recettes et, tout à coup, il comprend ! « Zut alors, je me suis trompé, j'ai mis de la queue de lièvre à la place de la queue de lion. Au lieu d'être courageux comme un lion, il est peureux comme un lièvre ! »

Une galaxie
pour voile
de mariée

Le chevalier Anselme aimait la douce princesse Aliénor.

Aliénor rêvait de l'épouser parce qu'il était beau et vaillant. C'était le plus gentil de tous les chevaliers du royaume.

Anselme alla donc trouver le roi, père de la princesse, pour lui demander la main d'Aliénor. Hélas ! Anselme était trop pauvre aux yeux du roi.

Celui-ci décida de soumettre le chevalier à une épreuve impossible.

« J'accepte de te donner ma fille, à une condition. »

Le roi entraîna Anselme sur la plus haute tour du château. La nuit était remplie d'étoiles.

« Vois-tu cette longue traînée blanche dans le ciel ? interrogea le roi.

— Oui, Sire. C'est notre galaxie, la Voie lactée.

— Bonne réponse, jeune homme. Mais moi, je préfère l'appeler le Voile lacté, parce que cela ressemble à un voile. Et sais-tu ce que contient le Voile lacté ?

— Des milliards de constellations, d'étoiles et de comètes, répondit Anselme.

— Eh bien ! Je t'ordonne d'aller décrocher du ciel le Voile lacté.

Ce sera le voile de mariée d'Aliénor. Car rien n'est trop beau pour ma fille ! »

Anselme aurait pu être désespéré, mais rien ne paraît impossible à un chevalier fou d'amour ! Il avait pour seule richesse quatre magnifiques faucons de chasse. C'étaient les oiseaux les plus rapides et les plus intelligents du royaume. Pendant un an, Anselme les entraîna à voler toujours plus haut, toujours plus vite. Petit à petit, ils percèrent les nuages, frôlèrent la lune, dépassèrent le soleil…

Un soir, ils parvinrent à cueillir du bec les sept étoiles de la Grande Ourse.

Anselme avait presque atteint son but. La nuit suivante, il lança ses faucons vers l'espace avec cette folle mission : décrocher le Voile lacté.

Cette nuit-là, assise à sa fenêtre, Aliénor regardait les étoiles en pleurant. Elle rêvait à son bel Anselme qu'elle n'épouserait jamais…

Soudain, elle vit s'agiter le Voile lacté. Les faucons l'avaient saisi aux quatre coins dans leurs becs et ils revenaient vers la Terre plus vite que des flèches, tandis qu'une pluie d'étoiles filantes échappées du Voile se répandait dans le ciel.

Cet exploit émerveilla le roi, et les noces d'Anselme et d'Aliénor eurent lieu le lendemain même.

Le voile resplendissant de la mariée faisait plusieurs fois le tour de la Terre,

mais il semblait presque pâle à côté des yeux d'Aliénor, qui scintillaient de bonheur.

La reine
des bandits

Il était une fois une reine très belle qui était courtisée par quatre princes très pauvres. Tous voulaient l'épouser. Un jour, elle les fit venir : « J'ai longuement réfléchi, dit-elle, j'épouserai celui qui parmi vous me prouvera son véritable amour en me rapportant, dans un an, un cadeau extraordinaire, venu d'une terre lointaine. » Et sur ces mots, la reine se retira.

Alors, les quatre princes rentrèrent chez eux et firent leurs bagages. À la croisée des chemins, ils se séparèrent et chacun partit à la recherche du précieux trésor qui lui permettrait d'accéder au cœur de la reine.

Une année passa. Trois princes se présentèrent au palais et demandèrent à voir la reine. Lorsque celle-ci les reçut, elle eut peine à reconnaître ses anciens prétendants. Les trois hommes, vêtus de riches tissus et parés de nombreux bijoux, avaient désormais un air arrogant et cruel qui lui fit peur.

« Reine, dit le premier. Je reviens d'Afrique et je suis devenu riche. J'ai amassé des diamants par milliers, car j'ai été le plus fort.

Voici le plus gros diamant d'Afrique. Je te l'offre en échange de notre mariage.

— Reine, cria le deuxième prince en jetant autour de lui un regard mauvais. Je reviens d'Asie où je suis devenu riche. J'y ai trouvé pour toi les plus beaux bijoux de jade, car j'ai été le plus rusé. Les voici et épouse-moi !

— Reine, rugit le dernier en sortant son épée. Je reviens d'Amérique où je suis devenu riche. L'or que j'y ai dérobé vaut bien plus que ces misérables diamants et ces bijoux de pacotille ! Je volerai ces princes s'il le faut et c'est moi que tu épouseras. »

Aveuglés par la colère, les trois bandits se regardèrent un instant, puis ils se jetèrent les uns sur les autres.

Alors, le quatrième prince arriva au palais. « Reine, dit-il, j'ai fait un voyage merveilleux à travers le monde. Laisse-moi te le raconter. » Et le jeune prince commença. « En Afrique, j'ai volé à la mer ces coquillages pour orner tes cheveux ; en Asie, j'ai dérobé des nuages au ciel pour les suspendre à tes oreilles ; et en Amérique, j'ai volé un éclat de lune pour le mettre à ton cou. Je t'offre tous ces cadeaux en signe de mon amour. » Et le jeune prince continua de raconter ses aventures et ses découvertes. La reine était passionnée par les récits du prince.

C'était bien le plus précieux des cadeaux.

Elle épousa le prince le soir même.

Le couloir
du Directeur

À l'école du Moulin, les élèves sont d'une sagesse exemplaire car, s'ils font une bêtise, les professeurs les enverront chez le Directeur. Et ça, les élèves tremblent rien qu'en y pensant. Le Directeur n'est pas méchant. Mais c'est le couloir qui mène à son bureau qui est inquiétant.

Il est même tout à fait terrifiant !

Les murs sont tapissés des portraits poussiéreux des anciens directeurs. Des vitrines avec des crânes et des squelettes ont été entreposées là par un vieux professeur d'histoire.

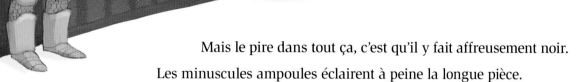

Mais le pire dans tout ça, c'est qu'il y fait affreusement noir.

Les minuscules ampoules éclairent à peine la longue pièce.

Pour rien au monde les enfants ne voudraient avoir à prendre ce couloir. Ils sont donc extrêmement sages, plus sages que des images. Et le Directeur pendant ce temps-là ? Eh bien, il s'ennuie !

Un matin, le Directeur s'ennuie tellement qu'il fait les cent pas dans le couloir. Alors, pour la première fois depuis des années, il remarque les toiles d'araignées qui pendent du plafond. « C'est dégoûtant ici », se dit-il.

Il attrape un balai et nettoie les toiles sans avoir peur des énormes araignées qui tombent sous son nez. Quel homme courageux !

À mesure qu'il dépoussière, le Directeur remarque les vitrines avec des crânes, les drôles de tableaux dans le couloir. Mais cela ne lui fait pas peur, il est si courageux ! Lorsqu'il s'approche pour regarder l'un des portraits, il sent soudain une main crochue dans son dos.

« AH ! » hurle-t-il en se retournant.
Là, contre le mur, un immense squelette lui sourit !

« Qui, qui êtes-vous ? bredouille le Directeur.

— Le dernier directeur de l'école, ricane le squelette.

— Et pourquoi êtes-vous dans cet état ? demande le Directeur en regardant les os tout blancs de son confrère.

— Eh bien, je suis mort ! dit le squelette.

— Mort de quoi ?

— Personne ne venait dans mon bureau, à cause de ce fichu couloir qui faisait peur, soupire le squelette.

Je suis mort… d'ennui ! »

ajoute-t-il d'une grosse voix.

À ces mots, le Directeur terrifié prend ses jambes à son cou et s'enfuit en hurlant :

« Au secours ! »

Les élèves furent bien surpris lorsque, le lendemain, le Directeur installa son bureau dans la verrière, loin de l'affreux couloir.

Depuis ce jour-là, les enfants furent beaucoup moins sages et le Directeur ne s'ennuya plus du tout !

La marmotte
qui ne voulait pas hiberner

La montagne a revêtu ses couleurs d'automne. Puk la marmotte a dansé de joie au milieu des colchiques, elle a gambadé dans les prés d'herbe rousse.

Ce matin, elle a humé dans l'air une senteur inconnue, excitante comme un mystère…

« C'est l'odeur de la neige, a expliqué maman. Les premiers flocons vont tomber.

— Je vais apprendre à skier, à patiner sur les torrents gelés ! »

Maman a répondu en souriant : « Tu ne verras pas la neige. Les marmottes ne sont pas faites pour l'hiver. Ce soir, nous nous barricaderons dans notre terrier pour y dormir jusqu'au printemps. »

Puk, révoltée, a écarquillé les yeux.

« Jusqu'au printemps ?
Dormir pendant des mois ?
Non merci, pas pour moi ! »

Et elle s'enfuit vers le sommet de la montagne…

Elle est loin du terrier lorsqu'un épais nuage noir enveloppe le paysage. Les flocons se mettent à voltiger, de plus en plus lourds, de plus en plus drus…

Puk batifole sous la neige, fascinée par ces étoiles qui fondent sur sa fourrure tiède.

« Dormir sous cette féerie ? se dit-elle.

Vive l'insomnie : foi de Puk, je ne fermerai pas l'œil de l'hiver ! »

Au bout de quelques heures, le nuage de neige se dissipe. Sous le ciel bleu, la montagne blanche se met à scintiller. Puk, émerveillée, s'élance pour faire sa première glissade.

Mais que se passe-t-il ? Ses pattes engourdies ne lui obéissent plus.

Le froid, sans prévenir, l'a paralysée !

Au même instant, une ombre voile le soleil. Un aigle a repéré Puk, petite boule brune sur la neige blanche : il plane dans le ciel, prêt à fondre sur sa proie !

Puk pousse un cri de terreur. Un autre cri lui répond : maman marmotte a retrouvé sa fugitive ! Elle galope vers Puk, la saisit par la peau du cou, si vite que l'aigle en reste tout étourdi…

Dans le terrier, maman n'a pas besoin de gronder Puk. La petite marmotte tremble de froid et de peur. Elle se pelotonne contre le chaud pelage de sa maman.

« Bonne nuit, maman, à dans six mois ! »

murmure-t-elle sagement.

Mina et Mani

Mina et Mani sont deux nains inséparables : si l'on aperçoit le bonnet pointu de l'un, celui de l'autre n'est pas loin. Ils mangent ensemble, ils jouent ensemble et ils dorment main dans la main ! Pour faire face au danger, ils sont toujours deux.

Un jour, dans la forêt, ils rencontrent un renard à l'air fourbe : « Je meurs de faim, dit l'animal en les dévisageant d'un œil gourmand.

— Si tu nous manges, l'avertit Mani, tu seras obligé de nous avaler tous les deux en même temps et ton ventre sera tellement gros qu'il éclatera ! »

Le renard frissonne à cette idée et poursuit son chemin le ventre vide.

Un peu plus loin, un aigle aux serres acérées vient tournoyer au-dessus des nains.

« Si tu nous emportes pour ton déjeuner, lui lance Mina, Mani te chatouillera le ventre d'une main, moi de l'autre je te chatouillerai les ailes !

— C'est le meilleur moyen pour me faire lâcher ma proie, pense l'aigle. Changeons de cible. » Et il abandonne Mina et Mani qui poursuivent tranquillement leur chemin.

Soudain, les deux nains voient approcher un garçon du village voisin.

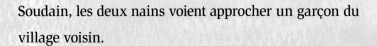

« **Que faire ?** s'alarme Mina.
Il arrive droit sur nous, il va nous voir !

— Vite, s'écrie Mani, immobilisons-nous comme des statues ! »
L'instant d'après, le garçon s'arrête devant les nains immobiles.
« Ça alors ! Deux nains qui se tiennent par la main !
Maman serait contente d'avoir cette statue dans son jardin ! »
Aussitôt, il emporte Mina et Mani chez lui.
« **Qu'ils sont mignons !** s'émerveille la maman...
Je vais les mettre avec les autres !

— **Les autres ?**
Quels autres ? »
s'inquiètent les deux nains.

Mais une fois dans le jardin, ils sont émerveillés :

« Des nains partout ! C'est un vrai village ici ! »

s'exclame Mani.

— Des fontaines en cascade, des champignons géants, un toboggan en zigzag !

Cet endroit est féerique ! » s'exclame Mina.

La femme pose les nains inséparables sur un petit pont suspendu, puis rentre chez elle. À peine a-t-elle fermé la porte que tout le village prend vie !

« Bonjour, les nouveaux, comment vous appelez-vous ?

— Ça vous dirait un petit tour en toboggan ? »

Les deux nains sont ravis. Entourés de tant d'amis, ils sont en sécurité, ils osent enfin se lâcher la main.

Et ils vécurent très heureux au merveilleux pays des nains de jardin.

Le jockey glouton

« Bonjour, madame. Je voudrais, s'il vous plaît : un triple hamburger à la sauce mayonnaise, un plat de frites géant, deux beignets aux pommes et une carafe de limonade. »

La vendeuse du restaurant lève un œil stupéfait pour examiner son client. Elle n'a jamais enregistré une telle commande… surtout de la part d'un petit maigrichon comme celui-là !

« Vous avez bon appétit ! » s'exclame-t-elle d'un air admiratif.

Le client lui confie : « Je suis Gino le jockey. Je monte des chevaux de course. »

La vendeuse se met à rire : « Ah, je comprends ! Les sportifs ont besoin de manger.

— Il y a sportif et sportif, répond Gino. Les rugbymen et les athlètes dévorent à belles dents pour nourrir leurs muscles. Mais les jockeys, eux, sont au régime ! Nous devons être légers comme des plumes sur le dos des chevaux.

— Mais alors ? Pourquoi arrêtez-vous votre régime ?

— Je me suis enfui ! souffle le jockey. Aujourd'hui, pour mon anniversaire, j'ai trouvé mes bougies plantées sur une pomme. Moi qui rêvais d'un gâteau au chocolat ! C'est trop injuste. J'ai décidé de m'offrir un vrai repas de fête. »

Le lendemain, au moment d'enfiler sa tenue pour la plus grande course de l'année, Gino est obligé de desserrer la ceinture de son pantalon…

En voyant ce jockey aux bonnes joues rondes, le public se hâte de parier sur les autres chevaux. Gino s'en moque.

Il glisse à l'oreille de son cheval :

« Si tu gagnes, Vole-au-Vent,
je t'offrirai un ballot de frites
à la place de ton ballot d'avoine. »

Un éclair de gourmandise s'allume dans le regard intelligent de Vole-au-Vent.

Lorsque le signal du départ retentit, il s'élance comme la foudre, sème ses adversaires, enchaîne sans effort les sauts de haies malgré le poids de Gino et passe en tête la ligne d'arrivée. Les joueurs ont tous perdu leurs paris !

« Bravo, Vole-au-Vent, le félicite Gino. Un cheval gourmand est un cheval gagnant… et un jockey glouton est un jockey champion !

Pour être heureux, il faut savoir s'offrir un bon repas de temps en temps. »

Solo, le fantôme transparent

Solo errait seul dans les couloirs du château hanté de Tremblegor. Il s'ennuyait terriblement, car il n'avait pas d'amis pour jouer.

Solo était l'unique fantôme au monde à ne pas être blanc, mais complètement transparent et, comme personne ne le voyait, personne ne jouait avec lui.

Il avait tout essayé pour ressembler aux autres et se rendre visible : une fois, par exemple, il s'était roulé dans la farine ! Mais malheureusement, il était allergique et, au bout de trois éternuements, il était redevenu invisible.

Une autre fois, il avait essayé de se peindre en blanc mais, deux secondes plus tard, un petit fantôme farceur l'avait fait tomber dans une flaque d'eau et toute la peinture était partie. Solo marchait de long en large dans le château, essayant de trouver une solution à son problème.

Un jour, épuisé, il s'appuya contre un mur quand, soudain, une porte dérobée s'ouvrit dans son dos. Il se retrouva dans une pièce qui fourmillait d'objets tous plus étranges les uns que les autres ; il y avait un grimoire, un chaudron et des bocaux remplis de choses bizarres…

C'ÉTAIT L'ANCIENNE CHAMBRE DU SORCIER !

Solo courait dans la pièce, touchait et sentait tout… jusqu'au moment où son regard fut attiré par une petite boîte sur une étagère. Quand il l'ouvrit, il découvrit une bague extraordinaire qui brillait de mille couleurs. Il saisit la pierre et la passa à son doigt. Il eut une sensation étrange…

Une petite fantômette qui se promenait dans le couloir passa la tête par la porte entrouverte et découvrit elle aussi la pièce magique.

« OUAHHH ! »

Solo sursauta et vit la jolie Gigi, celle pour qui son cœur battait depuis des siècles.

« Bonjour, moi c'est Gigi. Je ne t'ai jamais vu à Tremblegor. Tu es nouveau ? »

Solo s'étonna que Gigi lui parle.

Comment l'avait-elle vu ?

Il se mit à rosir de timidité.

« Je suis Solo, le fantôme transparent du château !

— Mais tu es tout rose ! »

Solo se regarda dans le miroir. Le bijou à son doigt laissait transparaître toutes ses émotions. La bague était ensorcelée !

À cet instant, un fantôme le surprit et se moqua :

« Solo et Gigi sont amoureux ! »

Solo était si gêné qu'il devint tout rouge et l'intrus prit la poudre d'escampette. Alors, Gigi entraîna Solo dans le jardin.

« Regarde ces belles roses, tu es un peu comme elles quand tu me regardes. J'ai passé tant d'années à ne pas te voir… Tu es unique, tu peux faire fuir les méchants ou mettre de la gaieté dans le cœur des gens. Veux-tu devenir mon arc-en-ciel et m'accompagner au bal hanté de fin d'année ? »

Solo, comme seule réponse, embrassa Gigi dans un tourbillon de couleurs.

L'homme invisible
et la petite brise

Il était une fois un homme qui avait l'étrange pouvoir d'être invisible.

Bien des gens auraient aimé être comme lui, pourtant l'homme invisible n'était pas heureux du tout. Il avait beau se montrer très joyeux et très attentionné, personne ne voulait être son ami.

« À quoi ressembles-tu ? lui demandait-on régulièrement.

— Je ne sais pas, répondait-il. Puisque je suis invisible !

— Je ne peux pas être l'ami de quelqu'un que je ne vois pas.

— Mais tu me vois ! J'ai une chemise, un pantalon… Je suis là ! Regarde, s'exclamait-il avec désespoir.

— Non, je ne te vois pas ! Je ne peux donc pas jouer avec toi ! »

Alors, l'homme invisible repartait tristement, se demandant si quelqu'un accepterait jamais d'être son ami.

Un jour, tandis qu'il se promenait, il sentit comme une douce caresse dans son cou.

« Il y a quelqu'un ? » demanda-t-il, étonné de ne voir personne près de lui.

Personne ne lui répondit.

L'homme invisible poursuivit son chemin lorsqu'il s'arrêta de nouveau. Cette fois-ci, quelqu'un lui avait ébouriffé les cheveux.

« Qui êtes-vous ? demanda-t-il très curieux.

— Je suis la brise, répondit une voix cristalline qui semblait arriver de toute part. Je suis le vent léger qui caresse les hommes, mais que les hommes n'aiment pas.

— Pourquoi ne vous aiment-ils pas ? questionna l'homme invisible.

— Parce qu'ils ne me voient pas, soupira la brise. Ils pensent que je me cache pour mieux filer dans leur cou et les enrhumer ! Pourtant, moi, je ne leur fais que des caresses.

— Moi, je ne vous vois pas, mais j'ai senti votre caresse, dit l'homme invisible d'une voix tendre. Elle était très douce d'ailleurs. »

Des rires retentirent dans les airs et les fleurs tourbillonnèrent.

C'est ainsi que l'homme invisible et la jolie brise sont devenus amis. Et si parfois tu crois entendre des bisous dans l'air ou sentir des caresses légères autour de ton cou, ce sont sûrement eux qui jouent avec toi !

Le collier
de la princesse
du pôle Nord

À l'extrême nord de la Terre, sur une petite île recouverte de glace toute l'année, vivait une princesse d'une très grande beauté. À sa naissance, ses parents l'avaient trouvée si jolie qu'ils l'avaient appelée Cristalline.

Les princes du monde entier rêvaient d'épouser la jeune fille. Ils lui offraient des coffrets de bijoux dans l'espoir de conquérir son cœur. Mais Cristalline se moquait de leurs bijoux. Elle n'en aimait qu'un seul : un collier de perles transparentes que lui avait offert son père. Le collier n'était pas gros, mais il étincelait tant qu'il la rendait plus belle encore.

Or un jour, tandis que la princesse se promenait en traîneau, une branche de sapin s'accrocha à son cou et arracha le collier. On eut beau chercher dans la neige, jamais on ne retrouva le précieux bijou.

Cristalline était inconsolable. Elle promit d'épouser celui qui lui offrirait un collier aussi joli que celui de son papa. La nouvelle fit rapidement le tour de la planète. Bientôt, des princes de tous les horizons lui apportèrent leurs plus beaux colliers. En vain. Cristalline n'en trouvait aucun à son goût.

De longs mois plus tard, le prince Tomoto se présenta devant Cristalline. Il vivait dans le désert africain, loin de tout, et n'avait entendu parler de la princesse que fort tard. Mais aussitôt, son cœur lui avait dit qu'elle était faite pour lui. Vaillamment, il s'était donc mis en marche, bravant l'air froid de l'île glacée.

« Qui es-tu ? l'interrogea Cristalline.

— Je suis le prince Tomoto.

— Et quel collier m'apportes-tu ? demanda-t-elle, l'air lasse.

— Jolie princesse, je n'ai pas de collier à t'offrir, s'excusa le prince. Je t'ai simplement apporté ce qu'il y a de plus précieux dans mon pays.

— Qu'est-ce que c'est ? » dit Cristalline, soudain intéressée.

À ces mots, Tomoto lui tendit une petite gourde d'eau.

« Elle vient du puits de mon village, expliqua-t-il. Regarde comme elle est pure et précieuse ! »

Tomoto ouvrit la gourde et fit couler quelques gouttes d'eau sur la paume de sa main. Mais l'air était si froid que l'eau gela aussitôt et se figea. En quelques secondes, elle s'était transformée en petites perles scintillantes. Tomoto sourit devant ce prodige. Puis, il rassembla les perles glacées et en fit un collier.

« Mon collier ! » s'écria Cristalline émerveillée.

Quelques jours plus tard, la princesse du pôle Nord épousa son prince venu du désert. Et l'on raconte que, chaque jour, Tomoto lui confectionne un nouveau collier en perles d'eau glacée.

Il était
une petite
malle...

À l'heure où tous les enfants dorment, des hommes complotent en secret. Ils ont l'intention de s'attaquer au navire de Barbe-pointue, sur une mer agitée par des bourrasques décoiffantes.

La lame d'acier coincée entre les dents, à genoux sur une planche jetée entre la rive et le bastingage, Pieds-plats et sa bande de bandits gagnent en silence le navire. Ils comptent ligoter les pirates et récupérer une malle.

Pieds-plats ne se souvient plus combien de fois il l'a perdue et retrouvée mais, ce soir, il veut la récupérer une fois pour toutes, foi de bandit !

De l'autre côté de la planche, Barbe-pointue et ses hommes sont tapis derrière le gouvernail. Quand Pieds-plats et les bandits bondissent sur le pont, la horde de pirates leur tombe dessus. Les couteaux volent, les chapeaux roulent, les mâchoires craquent, les coups pleuvent. Barbe-pointue attrape Pieds-plats par les épaules et ils roulent en boule.

« Je t'avais ordonné de ne plus revenir,

hurle Barbe-pointue qui lève le poing, prêt à envoyer le bandit au fond de l'océan.

— Je veux la malle, gronde Pieds-plats en esquivant le coup.

— La mer, c'est mon royaume et ici, c'est moi qui commande. File et emmène tes hommes avec toi », tempête Barbe-pointue.

Pieds-plats se sent soudain seul et triste. Ses bandits ont tous été vaincus et sont affalés sur le pont comme des loirs endormis et cette fois encore, la malle lui file entre les doigts. Il regarde la terre au loin, des larmes lui montent aux yeux.

Barbe-pointue est attendri par son découragement et lui dit : « Allez, va dans ma cabine et prends la malle de maman. Elle serait heureuse que tu conserves nos affaires de famille sur la terre ferme. »

Pieds-plats n'a jamais entendu son frère parler ainsi.

Il s'inquiète :

« On ne se verra plus ?

— Bien sûr que si, canaille, répond Barbe-pointue, je peux regretter ma grande générosité et venir chercher la malle dans ton repaire.

Tiens-toi prêt, un pirate n'abandonne jamais la partie ! »

L'école Ronron
se charge
des cauchemars

À l'école Ronron, les élèves ne font qu'une seule chose : dormir !

Ils viennent ici pour apprendre à ne plus faire de cauchemars.

Chaque matin, les enfants arrivent, leur oreiller sous le bras et une petite enveloppe à la main. À la porte de l'école, ils la glissent dans la Boîte à Cauchemars qui avale les mauvais rêves de la nuit et les fait prisonniers.

Un jour, tandis que tout le monde dormait profondément en écoutant Mademoiselle Plume lire un conte de fées, une personne mal intentionnée passa près de l'école et ouvrit la Boîte à Cauchemars. On vit alors des fantômes, des monstres, des lions, des serpents, des loups et toute sorte de personnages effrayants s'éparpiller dans l'école.

Une sorcière s'apprêtait à entrer dans le rêve d'un enfant, lorsqu'elle entendit l'histoire racontée par Mademoiselle Plume.

En l'écoutant, elle entendit la voix d'un prince qui lui disait qu'il la trouvait belle. Charmée, la sorcière s'assit à côté de l'élève, posa la tête sur la table et s'endormit en souriant.

Un peu plus loin, un horrible dragon s'apprêtait à effrayer une petite fille paisiblement endormie. Mais lui aussi fut touché par la voix de la maîtresse. Il sentit des larmes lui monter aux yeux et l'envie de cracher du feu lui passa tout à fait. Il s'endormit à son tour, la tête posée sur les genoux de la fillette.

Il en fut de même pour le lion et ainsi, tous les monstres s'endormirent les uns après les autres, bercés par la voix de la maîtresse.

Tous, sauf un horrible loup qui se croyait plus malin que les autres, parce qu'il avait bourré ses oreilles de coton pour ne pas entendre Mademoiselle Plume.

Il sauta avec méchanceté dans le rêve d'un petit garçon. **Pauvre loup !** Le jeune garçon, effrayé, poussa un hurlement qui réveilla les élèves, le dragon, la sorcière, les fantômes et tous les autres !

La sorcière, furieuse de voir le prince de ses rêves lui échapper, marmonna une formule magique et… **transforma le loup en souris !**

Le dragon, réveillé en sursaut, cracha quelques flammes pour lui brûler les poils du derrière.

Quant au lion, irrité d'avoir été dérangé en pleine sieste, il croqua la souris !

À partir de ce jour-là, les enfants ne firent plus jamais de mauvais rêves : les personnages des cauchemars préféraient écouter des histoires avec eux plutôt que de les effrayer.

Quant au terrible loup, le lion l'a trouvé délicieux

Un champion
maladroit

*C*omment devenir un champion en sport quand on est maladroit ?

Camille saute de joie en tenant le petit manuel dans ses mains. Ce jeune sportif n'est malheureusement pas très doué et se met souvent dans de drôles de situations.

Une fois, pendant une course à vélo, il est tombé dans des rosiers et il a fallu plus de cinq heures pour lui retirer toutes les épines des fesses.

Mais le pire fut le jour où il a sauté à la perche et s'est littéralement envolé... il est resté perché sur un arbre jusqu'à ce que les pompiers viennent le chercher !

Alors, sa maman lui a offert le kit du parfait sportif : une tenue toute neuve, des super-tennis, un casque, des coudières, des genouillères et un livre contenant les cinq commandements pour réussir dans le sport.

Camille le lit avec une grande attention tout en se préparant pour le match de volley :

1 – Motivé tu seras. « Je suis motivé, je suis motivé », se répète-t-il en boucle.

2 – Tes tennis à l'endroit tu chausseras. Camille vérifie :
   tennis droite avec pied droit et tennis gauche avec pied gauche.
       Tout est O.-K.

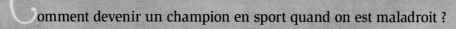

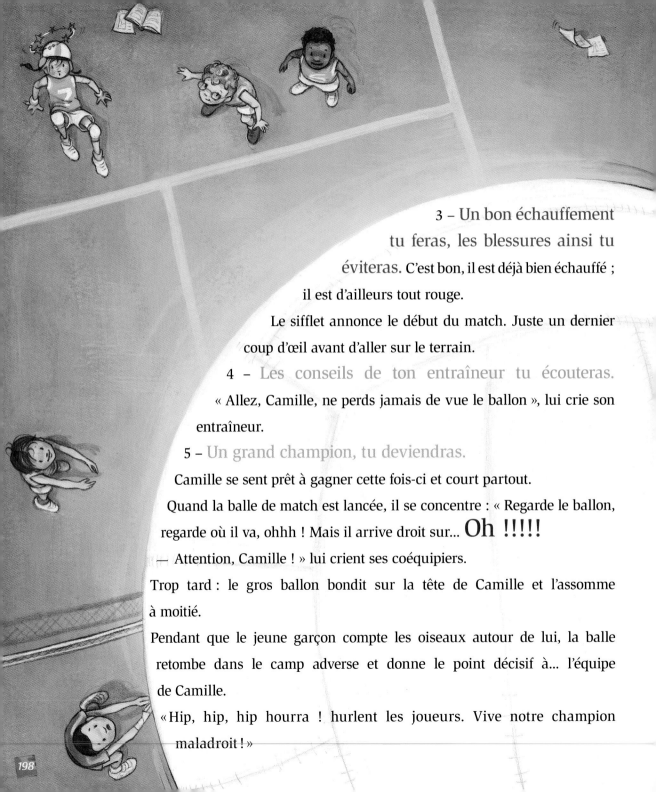

3 – Un bon échauffement tu feras, les blessures ainsi tu éviteras. C'est bon, il est déjà bien échauffé ; il est d'ailleurs tout rouge.

Le sifflet annonce le début du match. Juste un dernier coup d'œil avant d'aller sur le terrain.

4 – Les conseils de ton entraîneur tu écouteras.

« Allez, Camille, ne perds jamais de vue le ballon », lui crie son entraîneur.

5 – Un grand champion, tu deviendras.

Camille se sent prêt à gagner cette fois-ci et court partout.

Quand la balle de match est lancée, il se concentre : « Regarde le ballon, regarde où il va, ohhh ! Mais il arrive droit sur... Oh !!!!!

— Attention, Camille ! » lui crient ses coéquipiers.

Trop tard : le gros ballon bondit sur la tête de Camille et l'assomme à moitié.

Pendant que le jeune garçon compte les oiseaux autour de lui, la balle retombe dans le camp adverse et donne le point décisif à... l'équipe de Camille.

« Hip, hip, hip hourra ! hurlent les joueurs. Vive notre champion maladroit ! »

L'autruche
Mange-tout

Mange-tout est la plus gourmande de toutes les autruches. Elle ne peut s'empêcher d'engloutir tout ce qui se trouve sur son passage. C'est amusant de croiser son chemin, car son ventre prend toujours la forme de son dernier festin : un jour c'est un artichaut, une autre fois un ananas…

Il arrive aussi qu'on reconnaisse des silhouettes bizarres, comme celles d'une trottinette ou d'un arrosoir !

Un matin, alors que le soleil pointe ses délicieux rayons dorés, Mange-tout ne résiste pas :

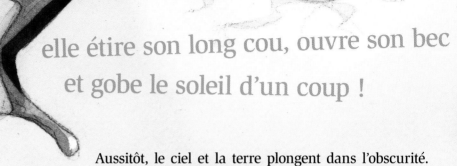

elle étire son long cou, ouvre son bec
et gobe le soleil d'un coup !

Aussitôt, le ciel et la terre plongent dans l'obscurité.
Seul le ventre de l'autruche brille, éclairé par le soleil qui s'y trouve.
Mange-tout est ravie, car désormais tous les animaux ont besoin d'elle :
Cochonou veut qu'elle éclaire ses parties de cartes, Mère Poule veut de la
lumière pour lire une histoire à ses enfants et Monsieur Hibou a besoin de
quelques rayons de soleil pour trouver le sommeil.
Mais l'autruche a du mal à contenter tout le monde en même temps et les
animaux finissent par se disputer sans arrêt.

**« Ça ne peut plus durer, Mange-tout,
rends-nous notre soleil !** intime Mère Poule.

— Il fait tout le temps nuit, je ne sais plus quand dormir ! ajoute Monsieur
Hibou.

— Et puis, sans soleil, plus rien ne pousse dans les champs, bientôt
on n'aura plus de légumes à se mettre sous la dent ! » s'exclame
Cochonou.

Mange-tout s'en moque pas mal, car elle préfère le goût d'un tuyau d'arrosage à celui d'un bon potage !

Et puis, surtout, elle se sent utile. Elle qui jusqu'alors ne savait faire que manger, elle a maintenant le pouvoir d'éclairer !

Bien décidés à récupérer leur soleil, Monsieur Hibou et ses amis se déguisent en chasseur pour lui faire peur : ils grimpent sur les épaules les uns des autres et, dissimulés sous une longue veste et un grand chapeau, viennent trouver Mange-tout. En apercevant le fusil pointé sur elle, l'autruche crie si fort qu'elle projette le soleil haut dans le ciel !

À la lumière du jour, Mange-tout voit que le fusil n'est qu'une branche et le chasseur... ses trois amis.

« Je suis désolée, dit-elle penaude, mais j'étais si heureuse de pouvoir rendre service !

— Tu peux nous aider, déclare Mère Poule, nos greniers croulent de vieilleries dont on ne sait plus quoi faire, viens les manger ! Nous te serions reconnaissants si tu nous en débarrassais ! »
Les yeux de Mange-tout brillent de joie : elle a hâte de voir son ventre prendre la forme d'une grosse valise !

Le pêcheur et l'ondine

Il était une fois un pêcheur qui pêchait des huîtres perlières. Un matin, comme d'habitude, il rapporta chez lui sa récolte et ouvrit la première coquille. Surprise ! À la place de la perle se trouvait une femme si petite qu'on aurait dit une miniature.

Sa beauté éblouit le pêcheur qui sentit son cœur chavirer.

La minuscule créature lui dit : « Merci de me délivrer. Je suis une ondine. J'ai été enfermée dans cette huître par une fée qui me déteste. »

À ces mots, le pêcheur frémit. Il connaissait la réputation des ondines. Malgré leur beauté parfaite, ce sont les pires sorcières qui vivent dans les eaux. Leur cœur est dur, leur cruauté est sans pareille. Malheur aux hommes qui en tombent amoureux ! Elles les entraînent au fond des flots et ils disparaissent à jamais…

L'ondine poursuivit d'une voix envoûtante : « Viens avec moi. Je te montrerai mon royaume de corail. Tu verras des fonds sous-marins tapissés d'anémones multicolores… »

Clac !

Le pêcheur referma l'huître et l'ondine fut réduite au silence. Mais il avait le cœur brisé de perdre ainsi la femme de sa vie.

Il eut alors une idée simple et géniale : il plongea l'huître dans un bain d'eau douce, en espérant que la douceur de l'eau allait déteindre sur l'ondine.

Il se passa alors un phénomène curieux. Pendant une heure, l'eau du bain se déchaîna. Il y avait des vagues monstrueuses, des tourbillons, de l'écume, des mugissements. Penché sur la baignoire, le pêcheur recevait au visage des embruns rageurs.

C'était la méchanceté de l'ondine qui jaillissait hors de l'huître !

Lorsque la tempête se calma, le pêcheur retira l'huître du bain et l'ouvrit avec précaution. L'ondine souriait, détendue, paisible, et dans ses yeux brillait une douceur infinie. Le cœur battant, le pêcheur l'aida à s'extraire de la coquille. Elle retrouva aussitôt une taille normale : délivrée de la méchanceté qui l'empêchait de grandir, elle venait de s'épanouir sous l'effet de la gentillesse…

Le pêcheur et son ondine se marièrent et furent heureux ensemble toute leur vie.

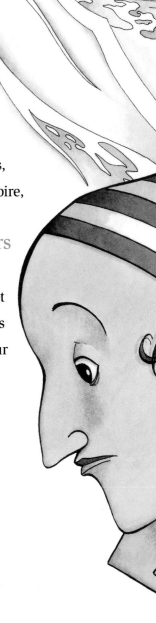

Les super-héros
à la rescousse

Un jour, les super-héros du monde entier reçurent un appel désespéré.

« Chers amis,

*je suis Poumona, super-héroïne africaine. Chaque jour, je souffle
à pleins poumons sur le sable du désert pour qu'il retourne dans les dunes
et n'envahisse pas les maigres plantations des pays qui l'entourent.
Malgré mes efforts, rien ne pousse ici. Il n'y a pas assez d'eau
et il fait tellement chaud qu'il est impossible de travailler
toute la journée. Si vous voulez m'aider, rejoignez-moi
sur la quinzième dune à droite, route du Sahara.
Super héroïquement vôtre !*

Poumona »

Le lendemain de son courrier, Poumona vit approcher de sa dune un drôle de bonhomme.

Il était tout rond et tout bleu.

« Je suis H_2O, l'homme citerne, dit-il. Je suis capable d'avaler et de transporter 100 000 litres d'eau. Je viens vous aider.

— Merveilleux ! » s'exclama Poumona.

H_2O se mit aussitôt au travail. Il volait jusqu'aux lacs du monde entier et revenait le ventre gorgé d'eau pour arroser le désert.

Pendant ce temps, un nouvel étranger vint trouver Poumona.

C'était Rizotto, un super-héros chinois.

Il avait la main verte et il lui suffisait de planter un doigt dans le sol pour que du riz pousse !

Enfin, arriva Frizerman, l'homme glaçon.

Il était transparent et s'emmitouflait dans un gros manteau.

« J'arrive du Groenland pour rafraîchir un peu les travailleurs », dit-il.

Rassemblant toutes ses forces, Poumona avait soufflé sur le sable pour dégager de grands espaces vides. H_2O y avait déversé des millions de litres d'eau, Rizotto avait fait pousser du riz et Frizerman rendait la chaleur plus supportable.

À la fin de la journée, le désert était méconnaissable.

C'est ainsi que Poumona, H_2O, Rizotto et Frizerman redonnèrent des couleurs au désert. Partout où on les appelait, les quatre super-héros se précipitaient aussitôt. Et sans plus attendre, ils soufflaient, arrosaient, plantaient et rafraîchissaient.

Aujourd'hui encore, si tu te promènes dans le désert, tu découvriras sans doute l'un de ces petits coins de paradis au détour d'une dune de sable.

On les appelle les oasis.

Le sortilège
de Laide-comme-un-pou

Une ambiance de fête régnait dans le royaume Lumière d'or : le roi et la reine venaient de donner naissance à une petite fille !

Ils la nommèrent Fleur, car elle était aussi belle qu'une rose venant d'éclore. Tous s'émerveillaient devant la belle enfant quand soudain, la terrible sorcière Laide-comme-un-pou surgit et jeta un sort à la princesse : « Fleur sera la plus laide de toutes les princesses et lorsqu'elle atteindra l'âge de se marier, chaque prétendant qui la verra se figera en statue. »

Et tandis que les années passaient, le visage de Fleur se fanait comme les pétales d'une rose.

La pauvre s'enlaidissait seule dans son coin, rejetée par tous.

Un jour, le roi décida qu'il était temps de marier sa fille. Il convia tous les princes et chevaliers, et ce qui devait arriver arriva : chaque fois qu'un prince rencontrait le regard de la princesse, il se transformait en statue ! Désespérée, Fleur s'enferma dans la plus haute tour du château et pleura jour et nuit.

Phénomène incroyable, ses gémissements sitôt sortis de sa bouche se transformaient en une voix mélodieuse.

Venu d'un royaume lointain, un jeune homme qui passait à proximité du château fut saisi d'admiration.

Quand on l'informa que la jeune femme était la plus laide de toutes les princesses, il refusa de le croire et demanda à la voir. Fleur accepta qu'ils se parlent à travers la porte. Ils firent connaissance et devinrent si amoureux l'un de l'autre qu'ils décidèrent de se marier sans s'être jamais vus !

La cérémonie se déroula devant la porte du donjon qui séparait les deux mariés. Au dernier mot, Fleur ouvrit la porte : dans une lumière éblouissante, elle apparut rayonnante et belle comme une rose.

L'amour venait de briser le sortilège !

Le royaume Lumière d'or retrouva sa gaieté et s'appela désormais le royaume de Belle-Fleur.

Le bébé
du pirate

Gueule d'Or, le terrible pirate, doit son surnom à la seule dent qui lui reste : une énorme canine en or dont il est très fier. Mais Gueule d'Or est surtout connu pour sa cruauté.

Les marins du monde entier tremblent à l'idée de croiser sa route.

Or c'est malheureusement ce qui arrive à une petite goélette qui traverse l'Atlantique.

« À l'abordage ! » hurle Gueule d'Or.

BOUM ! PAF ! PLOUF !

En quelques secondes, l'équipage est envoyé par-dessus bord et les pirates envahissent le navire. Celui-ci n'est pas grand, mais il est rapide et tout neuf ! Gueule d'Or décide de s'y installer et d'abandonner son vieux bateau fatigué.

Alors qu'il s'arrête près d'une île, le temps d'un petit somme, un bruit strident réveille Gueule d'Or et tout son équipage.

« OUIIINNN ! OUIIINNN ! OUIIINNN !

— Par ma barbe ! Qu'est-ce que c'est que ça ? » crie Gueule d'Or.

Les pirates cherchent partout d'où provient ce bruit insupportable. Bientôt, l'un d'eux revient triomphalement, portant dans ses bras un petit paquet hurlant et gigotant.

« Un bébé ! annonce-t-il en riant. J'ai trouvé un bébé dans la cabine des passagers. »

Gueule d'Or s'approche du bébé dont les cris n'ont pas cessé. Parole de pirate, c'est bien la première fois qu'il voit un bébé. En l'apercevant, il sourit de toute...

SA dent ! Le résultat ne se fait pas attendre. L'enfant prend peur et crie de plus belle :

« OOOUUUUIIINNN ! OOOUUUUIIINNN !

— Par ma dent en or ! rugit Gueule d'Or. Faites taire ce bébé !

— Il a faim sans doute, ose dire un matelot.

— Eh bien, donnez-lui du saucisson, tonne Gueule d'Or.

        — Il ne boit que du lait, répond le marin.

        — Ah ! Alors, donnez-lui du lait ! » ordonne le pirate.

Le matelot s'exécute bien vite. Mais aussitôt son lait ingurgité, le bébé se remet à pleurer.

« C'est insupportable ! grogne Gueule d'Or en se bouchant les oreilles. Par ma jambe de bois, faites dormir ce bébé ! »

Mais on a beau lui chanter des berceuses, lui raconter des histoires et le promener, rien n'y fait. Le bébé continue de pleurer.

« Le roulis du bateau le bercera peut-être, propose le marin qui s'y connaît le plus en matière de bébé.

— Essayons ! approuve Gueule d'Or. Larguez les amarres ! »

Le bateau s'ébranle et reprend sa route doucement. Alors, l'incroyable survient : le bébé s'endort aussitôt.

« Par mon crochet ! chuchote Gueule d'Or. Ça marche ! »

Cela marche si bien, d'ailleurs, que Gueule d'Or ne peut plus jamais s'arrêter. Car dès que le bateau stoppe :

« OUIIINNN ! OUIIINNN ! »

Le bébé se remet à hurler !

Alors, CHUT ! Laissons-le voguer sur les flots pour que le bébé dorme en paix !

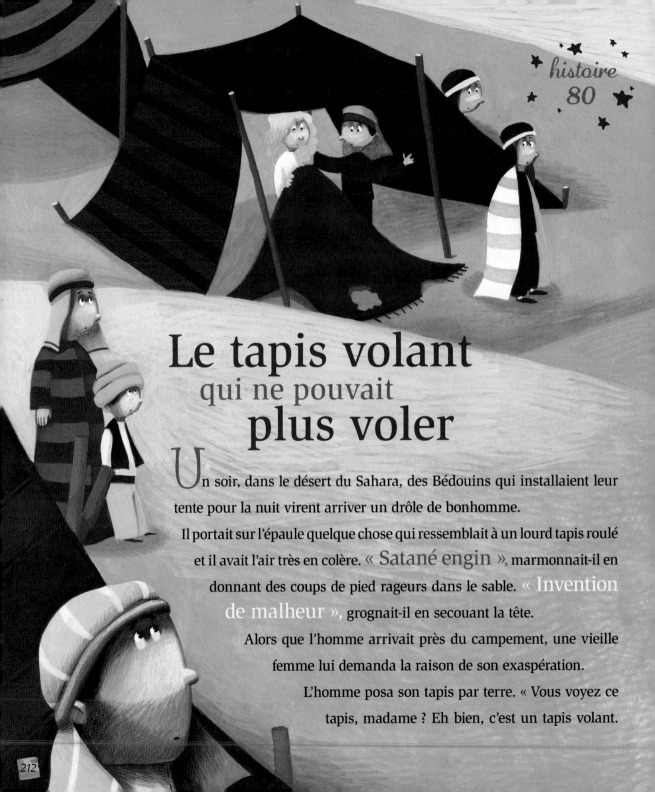

Le tapis volant
qui ne pouvait
plus voler

Un soir, dans le désert du Sahara, des Bédouins qui installaient leur tente pour la nuit virent arriver un drôle de bonhomme.

Il portait sur l'épaule quelque chose qui ressemblait à un lourd tapis roulé et il avait l'air très en colère. « Satané engin », marmonnait-il en donnant des coups de pied rageurs dans le sable. « Invention de malheur », grognait-il en secouant la tête.

Alors que l'homme arrivait près du campement, une vieille femme lui demanda la raison de son exaspération.

L'homme posa son tapis par terre. « Vous voyez ce tapis, madame ? Eh bien, c'est un tapis volant.

Je l'ai depuis des années ! Mais il ne me sert plus à rien maintenant, car il ne fonctionne plus ! Je survolais tranquillement le désert quand il s'est arrêté d'un coup !

Comment vais-je faire pour rentrer chez moi maintenant ? »

Alors, la vieille femme ramassa le tapis et le regarda attentivement. « Mais ce tapis est complètement effiloché et troué, s'exclama-t-elle. Pas étonnant qu'il ne vole plus ! Allez vous reposer, je vais vous le réparer. »

Le voyageur, fatigué d'avoir marché si longtemps, alla faire une sieste à l'ombre de la tente. Dès qu'il se fut endormi, la vieille femme tira de la laine de la poche de sa robe. Elle souffla dessus en murmurant : « Par le vent du désert et la poussière d'étoiles, qu'entre mes mains cette laine prenne vie. » Puis elle posa le tapis tout usé sur ses genoux et le retricota.

Le lendemain, lorsque le voyageur ouvrit les yeux, il vit, déroulé à ses côtés, impatient de s'envoler, son vieux tapis si bien recousu qu'il était comme neuf.

« Ho, c'est merveilleux !

s'exclama-t-il en bondissant de joie. Vous l'avez réparé ! »

Ainsi, le voyageur put rentrer chez lui, non sans avoir d'abord offert un tour de tapis volant à la vieille femme pour la remercier de son hospitalité et de ses doigts de fée !

La grève
des lucioles

Dans un coin de la prairie, à l'abri d'une motte de terre, les lucioles s'étaient réunies.

« Non, vraiment, ça ne peut plus durer ! lançaient les unes.

— Trop c'est trop ! On en a assez ! » ajoutaient les autres.

Quelle pagaille ! Personne ne s'entendait plus parler.

« Silence ! ordonna une vieille luciole. Silence ! Que celles qui votent pour que nous nous arrêtions de travailler lèvent la patte. »

Des centaines de petites pattes se levèrent. C'est ainsi que fut votée, à l'unanimité, la grève des lucioles. Le soir venu, le croissant de lune ne suffit pas à éclairer la prairie et les insectes commencèrent à râler.

« Où est la luciole qui m'éclaire pour tricoter ? se plaignit la coccinelle.

— Et celle qui me permet de lire le journal ? grogna son voisin.

— Celle qui sert de veilleuse à mes bébés n'est pas venue non plus, constata une maman puceron. Et mes petits ont peur dans le noir. »

Ce soir-là, faute de lumière, les insectes se couchèrent tôt.

Le deuxième soir, aucune luciole n'était à son poste et personne n'avait de lumière.

Un criquet parti s'informer revint la tête basse. « Les lucioles sont en grève, annonça-t-il. Elles ont peur et ne veulent plus travailler.

— Peur de quoi ? demanda l'araignée.

— Chaque soir, au retour du travail, plusieurs d'entre elles disparaissent mystérieusement, répondit le criquet.

— En attendant de résoudre cette affaire, j'appelle les vers luisants », proposa l'araignée.

Sitôt dit, sitôt fait.

Le troisième soir, des vers luisants éclairèrent la prairie.

Mais le lendemain… aucun d'eux ne revint travailler. Le criquet s'inquiéta lorsqu'un ver demanda à lui parler.

« Je sais pourquoi les lucioles et mes compagnons sont en grève », dit-il.

Il raconta alors ce qu'il avait découvert la nuit précédente.

« Le gros crapaud de l'étang repère les lucioles grâce à la lumière qu'elles émettent pour vous éclairer. Quand elles retournent chez elles, il les attend en embuscade et n'en fait qu'une bouchée !

— Ce n'est pas très loyal, convint le criquet. Je vais lui parler. »

Personne ne sut ce que le criquet dit au crapaud. Certains racontent qu'il l'aurait menacé de grignoter sa maison en nénuphars.

Quoi qu'il en soit, le crapaud ne dévora plus de lucioles et la lumière revint dans la prairie !

La planète
Gourmande

Il était une fois une planète composée de sucre et de sel, appelée Gourmande. Les Gourmands sucrés vivaient entourés de mille sucreries, de champs de réglisse, dans des maisons-chamallow, et se régalaient de pâtisseries, gâteaux et autres confiseries. Une rivière en chocolat, qu'ils n'avaient jamais traversée, limitait leur pays. De l'autre côté, au milieu d'épices, de pommes de terre et de haricots verts, vivaient les Gourmands salés qui dégustaient des plats épicés, pimentés et poivrés.

Un jour, le petit Sucre d'Orge se promenait le long de la rivière et aperçut une petite Gourmande salée sur l'autre rive. Curieux, il traversa…

« Bonjour ! Je m'appelle Sucre d'Orge, je suis un Gourmand sucré. Et toi ?

— Je suis Fleur de Sel », répondit la petite fille.

Ils se regardèrent : deux jambes, deux bras, deux yeux, un nez et une bouche… ils n'étaient pas très différents. Ils devinrent vite les meilleurs amis du monde et occupèrent leur journée à cuisiner, chacun goûtant aux spécialités de l'autre.

« J'ai une idée, s'écria Sucre d'Orge. Et si nous mélangions le salé et le sucré ? Je crois bien que personne n'a jamais essayé… »

Ils assemblèrent au hasard des aliments de leur pays.

Épinards à la confiture d'abricots : beurk ! Poulet au chocolat : double beurk !

Chou-fleur à la grenadine : triple beurk !

« Le sel et le sucre ne se mélangent pas ! dit Fleur de Sel découragée.

— Faisons une dernière tentative. Hum… beurre, sucre, crème et sel… »

Ce dernier essai avait l'air appétissant.

« Qu'il est bon ce bonbon ! dit Fleur de Sel.

— Un caramel au beurre salé ! » répondit Sucre d'Orge.

Ils en préparèrent pour tous les habitants. Les Gourmands trouvèrent ce mélange sucré-salé étrange, mais tellement bon qu'ils voulurent goûter d'autres recettes. Et de chantilly en béchamel, les deux amis inventèrent de nouveaux plats : feuilleté de chèvre au miel, canard à l'orange, lard aux pruneaux…

Quelques années plus tard, ils ouvrirent un restaurant et devinrent les plus grands chefs cuisiniers de la galaxie !

Le fantôme
voyageur

Phanéon est un fantôme malheureux : il n'arrive pas à se faire des amis. « C'est décidé, aujourd'hui je pars en voyage, ça me changera les idées ! »

Phanéon plie ses trois robes phosphorescentes dans son balluchon et quitte le manoir. Il atterrit en Afrique où il croise un jeune garçon à la peau noire et aux cheveux crépus. Il porte un pantalon bariolé bien plus joli que la triste robe blanche de Phanéon !

« Qui es-tu, toi qui portes la lune sur ton épaule ? »

demande l'enfant.

Le fantôme regarde par-dessus son épaule et se rend compte que son balluchon est rond et blanc comme une pleine lune.

« Je ne porte pas la lune, mais je suis son tailleur », répond Phanéon tout content.

Il ouvre son balluchon et montre les trois robes blanches qui luisent au fond du sac.

Les yeux de l'enfant brillent d'envie : « Je t'échange une de ces robes contre mon pantalon ! » Et lorsque Phanéon arrive en Asie, son balluchon ne contient plus que deux robes blanches.

Il n'a pas fait trois pas qu'une fillette aux yeux bridés l'aborde :

« Qui es-tu, toi qui portes la lune sur ton épaule ?

— Je suis son tailleur, répond Phanéon en sortant ses robes blanches… Elles brillent la nuit, mais c'est un secret !

— Je t'échange une robe magique contre mon chapeau ! » s'exclame la petite fille.

Et lorsque Phanéon arrive en Amérique, il ne lui reste plus qu'une seule robe blanche dans son balluchon.

Il rencontre alors un jeune homme rêveur vêtu d'une belle chemise à fleurs.

« Qui es-tu, toi qui portes la lune sur ton épaule ? demande le jeune homme.

— Je suis son tailleur », déclare Phanéon.

Il sort sa dernière robe blanche et la montre au garçon :

« La nuit, elle est phosphorescente…

— Elle me plaît ! dit le jeune homme. Je te donne ma chemise en échange. »

Quand Phanéon s'en revient au manoir, il est vêtu d'un chapeau vietnamien, d'une chemise californienne, d'un pantalon africain et il s'est fait plein d'amis !

P'tit muscle contre le monstre

Tout le monde l'avait presque oublié. Il était devenu une simple légende, un conte pour faire peur aux enfants. Pourtant, ce jour-là, aux premiers rugissements, tout le monde comprit : LE MONSTRE se réveillait… et il allait certainement tout brûler sur son passage.

Les habitants étaient complètement paniqués et ils mettaient leurs mains sur leurs oreilles pour échapper aux horribles cris assourdissants du monstre.

Heureusement, il y avait dans ce pays P'tit muscle qui n'était pas très grand, ni très costaud, mais qui était né dans une célèbre famille de super-héros.

Équipé d'une cape pare-feu et d'un casque qui protégeait ses oreilles, il fonça sur le monstre.

Il esquiva facilement ses jets de flammes, malgré quelques étincelles qui rebondirent sur sa cape. Il tenta quelques attaques de rayon laser, quand soudain…

« Atchoum ! »

Le monstre éternua si fort que P'tit muscle fut projeté contre un mur. De loin, il observa la bête et remarqua qu'elle grimaçait… de douleur.

P'tit muscle eut une idée. Il retourna chez lui à la vitesse de la lumière et revint avec une grosse trousse et un lance-pierre. Il prit dans sa trousse à pharmacie les pilules roses contre la fièvre et le mal de gorge. Avec le lance-pierre, il les projeta directement dans la bouche du monstre.

« Alors, comment te sens-tu ? demanda P'tit muscle au bout de cinq minutes.

— Mais… je n'ai plus mal à la tête. Et ma fièvre, disparue ! Comment as-tu fait ? s'étonna le monstre. Cela fait cinq cents ans que je souffre !

— Tu vois, tu n'étais pas méchant, tu avais seulement très mal. »

Depuis ce jour-là, les habitants vivent paisiblement. Bien sûr, ils veillent à la bonne santé du gentil monstre. Quant à P'tit muscle, il fut élu le meilleur des super-héros.

Petit, mais costaud ! On l'appelle super-vétérinaire.

Le dragon
du sommeil

Il était une fois un pays où vivait le dragon du sommeil. Ce monstre paisible dormait toute la journée et, chaque soir, il parcourait le pays en soufflant des volutes de sommeil sur son passage. Aussitôt, enveloppés dans les fumées du rêve, tous s'endormaient. À l'aube, le dragon fatigué allait se coucher à son tour.

Un soir, un chevalier errant arriva dans le royaume. Il avait entendu dire que la fille du roi de ce pays était la plus belle princesse au monde, et il voulait la demander en mariage. Devant le palais royal, il vit le dragon du sommeil sous les fenêtres de la princesse.

Le chevalier pensa qu'il devait protéger la princesse ! Saisissant sa lance, il visa la gorge du dragon... Terrifié, l'inoffensif dragon s'envola à tire-d'aile pour aller se réfugier au pays des rêves.

Cette nuit-là, dans le royaume, personne ne parvint à s'endormir.

La princesse, elle, était ravie. Elle en profita pour bavarder jusqu'à l'aube avec le chevalier. Ils décidèrent de se marier.

Mais la veille de la noce, il fallut se rendre à l'évidence. Les habitants bâillaient, la fatigue avait creusé des cernes sous leurs yeux et ils étaient d'une humeur épouvantable !

Comment fêter un mariage royal dans une telle atmosphère ?

Navré de son erreur, le chevalier décida de retrouver le dragon pour lui demander pardon. Il prit le luth qui était fixé à la selle de son cheval blanc et entonna une berceuse en s'accompagnant du bel instrument. Charmée par la douce voix de son fiancé, la princesse épuisée ferma les yeux et glissa vers le pays des rêves, bientôt rejointe par le chevalier qui s'était endormi en chantant… Ils arpentèrent longuement les chemins de cet étrange domaine, et rencontrèrent enfin le dragon du sommeil caché sous l'arbre des songes.

« Ô gentil dragon, dit le chevalier, pardonne mon erreur.

Je te supplie de revenir chez nous, car nous souffrons cruellement de ton absence. »

Le dragon, qui s'ennuyait un peu au pays des rêves, prit les fiancés sur son dos et accepta de revenir dans le royaume.

Dès son arrivée, les habitants sentirent les nuées bienfaisantes du sommeil les envelopper. Quand ils se réveillèrent au matin du mariage, tous étaient souriants et reposés. Le dragon fut de la noce, bien sûr. Il fit juste bien attention de ne pas respirer trop fort pour ne pas endormir tous les invités. Et la nuit suivante, tous les habitants firent de

merveilleux rêves pleins d'amour et de baisers.

L'ours blanc, le narval et l'albatros

Il était une fois un explorateur qui parcourait le Groenland. Mais une terrible tempête de neige se mit à souffler et bientôt le navire fut pris par les glaces. On ne pouvait plus ni avancer, ni reculer. Les marins prirent peur : s'ils devaient attendre le printemps pour que la glace fonde, ils mourraient de faim et de froid.

Le premier jour, l'explorateur entendit les pleurs d'un ours blanc blessé.

« Remontez ! Cet ours va vous dévorer ! » crièrent les marins à l'explorateur qui descendait du voilier. Mais l'ours ne montra même pas les dents quand l'explorateur s'approcha pour examiner sa patte et la soigner.

Le deuxième jour, en se réveillant, les marins découvrirent le pont recouvert de poissons. « C'est un miracle ! Nous mangerons jusqu'au printemps ! » s'exclamèrent les marins en dansant.

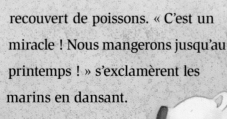

Le troisième jour, l'explorateur entendit de nouveau des pleurs. À l'avant du voilier, un narval s'était coincé la corne dans le bois du bateau.

« Remontez ! Ce narval va vous embrocher ! » crièrent les marins.

Mais le narval ne se débattit même pas quand l'explorateur tira sur sa corne pour le délivrer.

Le quatrième jour, les marins découvrirent que la glace qui barrait le passage à la mer avait été entièrement brisée.

« C'est un miracle ! Nous pouvons repartir ! » s'exclamèrent les marins en dansant.

Mais le vent soufflait à peine et le bateau avançait très lentement…

Le cinquième jour, l'explorateur entendit de nouveau des pleurs. Sur le pont, un albatros était emmêlé aux cordages. Cette fois-ci, les marins ne dirent rien et l'explorateur délivra l'oiseau.

Alors, l'albatros s'éleva dans les airs et poussa un grand cri. Des dizaines d'oiseaux arrivèrent et ils tirèrent le bateau qui se mit à courir sur la mer… et arriva à bon port le sixième jour. Et c'est ainsi qu'un ours, un narval et un albatros sauvèrent l'explorateur et son équipage.

Marine
et le roi des Vents

Marine est une vraie championne de planche à voile ; ni le vent ni les vagues ne lui font peur. Un jour de beau temps, portée par une brise légère, elle s'éloigne de la plage, tout au bonheur de glisser sur les vagues, lorsque soudain le vent forcit brutalement : Marine est propulsée vers le large. Elle tente de faire demi-tour. Peine perdue, sa voile ne lui obéit pas ! Au moment où la côte disparaît à ses yeux, elle aperçoit à l'horizon un monstrueux cyclone…

« Je suis perdue ! » songe Marine.

La planche accélère encore, aimantée par la tempête. À l'instant d'être aspirée dans le tourbillon, Marine ferme les yeux. Elle se sent ballottée entre des murailles d'eau, fouettée par des bourrasques folles.

Soudain… elle n'entend plus qu'un grand silence ! Lorsqu'elle ouvre les yeux, elle se trouve dans l'œil du cyclone, au centre du tourbillon, où règne un calme parfait.

Devant elle se tient un imposant personnage. Ses vêtements sont faits de nuages, ses cheveux de courants d'air...

« BIENVENUE EN MON PALAIS, BELLE MARINE.

Je suis le roi des Vents. Je te connais depuis toujours et j'aime ta façon de jouer avec mes souffles sur ta planche. Je suis tombé amoureux et je veux t'épouser. Tu feras une gracieuse reine des Vents ! »

Un instant, Marine reste muette de stupeur. Comment sortir de cet incompréhensible cauchemar ? S'échapper ? Il lui faudrait retraverser le cyclone : le roi des Vents l'y ferait périr...

Recouvrant ses esprits, elle préfère employer la ruse.

« Majesté, je suis très honorée de devenir votre épouse. Mais puisque vous régnez sur les Vents, il vous faut un mariage grandiose. Invitez à la noce les typhons qui soulèvent les océans. Dites aux tornades de balayer la mer pour la faire briller. Demandez aux vents d'orage de transmettre l'écho du tonnerre comme un roulement de tambour, pour que la Terre entière soit avertie de notre mariage.

— Tu as raison, répond le roi. Il faut une fête digne de moi. »

Marine dit alors d'une voix persuasive : « Sire, laissez-moi organiser ces préparatifs.

À bord de ma planche, je serai votre messagère la plus rapide ! »

Le roi des Vents ouvre alors à Marine un passage à travers le cyclone. Une fois libre, la jeune fille met le cap sur la terre. Le roi des Vents a gonflé lui-même sa voile : la planche survole les flots, effleurant à peine la crête des vagues ! À cette allure, Marine gagne rapidement la côte. C'est alors que le roi comprend la duperie. Fou de colère et de chagrin, il se lance à la poursuite de la fugitive, traçant sur la mer un sillage d'écume rageuse… Trop tard : Marine franchit en un éclair les derniers mètres qui la séparent du rivage. Désormais impuissant, le roi des Vents préfère se montrer beau joueur. Transformant sa rafale en brise légère, il effleure les joues de Marine et lui murmure dans un souffle : « Ne crains rien. Tu pourras revenir jouer avec moi sur la mer. Je ne te tendrai plus de piège : si tu ne veux pas être mon épouse, tu seras toujours mon amie. »

Des couleuvres au menu

Honoré, le chef des brigands, était détesté par ses hommes. Tyrannique et orgueilleux, il confisquait toujours le butin des cambriolages à son profit.

Lorsque les voleurs réclamaient un partage, il grondait d'un ton menaçant : « C'est moi qui commande. **Je céderai ma place de chef le jour où l'un d'entre vous sera capable de me tenir tête.** Jusque-là, le butin est à moi ! »

Tous baissaient la tête sans rien dire.

Ce refrain finit par donner une idée au cuisinier de la bande, qui était le plus malin des brigands. Quand il soumit sa ruse aux autres, ils trouvèrent l'idée géniale.

Le soir venu, au dîner, le cuisinier présenta au chef un plat à l'odeur engageante.

« Patron, voici une recette de ma composition ; je l'ai dédicacée à votre gloire. »

Honoré, qui était aussi gourmand que vaniteux, engloutit le plat et félicita le cuisinier :

« Je me suis régalé. Quelle est cette viande délicieuse ?

— C'est de la couleuvre, chef Honoré. Un serpent à la chair tendre et savoureuse. »

Honoré lorgna sa bande d'un œil méfiant : il lui sembla que les brigands riaient sous cape.

Mais le cuisinier gardait un sérieux imperturbable, et le chef reprit : « Je t'ordonne d'inventer d'autres recettes à base de couleuvre. »

Les jours suivants, le cuisinier se surpassa : velouté de couleuvre, couleuvre farcie, escalope de couleuvre en papillote…

Le chef se délectait et grossissait à vue d'œil, car, naturellement, il ne partageait pas ses plats avec les autres ! Mais au bout d'une semaine, à la place du dîner, le cuisinier présenta à Honoré un dictionnaire.

« Drôle ! Où est mon gratin de couleuvre ? » gronda Honoré, rouge de colère.

Pour toute réponse, le cuisinier ouvrit le dictionnaire et lut cette définition.

« Avaler une couleuvre : subir un affront sans répliquer. »

Le cuisinier ferma le livre ; son chef le fixait d'un regard ébahi.

« Et avaler une couleuvre ne vous a pas suffi, vous en avez dévoré huit… »

Honoré hésita ; il pouvait se fâcher et tuer son cuisinier — mais c'était quand même un très bon cuisinier — ou être beau joueur.

Finalement, il décida de garder son cuisinier, il partit d'un grand rire et dit : « Vous avez gagné, vous m'avez tenu tête. Désormais, on partagera le butin de façon égale entre nous. Et toi, cuisinier, sers tes merveilleuses couleuvres à tout le monde ! »

La Nuit
des fantômes

Chaque année, au début du printemps, le maire de Troussepoils passait dans les rues de son village avec un haut-parleur : « Ce soir, c'est la Nuit des fantômes ! clamait-il d'une voix forte. Rentrez chez vous ! »

Dès qu'ils l'entendaient, les villageois se barricadaient dans leur maison. Cette nuit-là, en effet, les fantômes du monde entier se réunissaient dans la forêt à côté du village.

À dire vrai, personne ne les avait jamais vus, puisqu'ils étaient des fantômes. Mais les rares curieux qui s'étaient approchés avaient entendu des bruits terrifiants. Non, vraiment, mieux valait rester chez soi ce soir-là !

Une année pourtant, Petit Pierre se retrouva dans la forêt lors de la Nuit des fantômes.
Oh ! Il ne l'avait pas fait exprès. Il avait couru derrière un écureuil et s'était enfoncé dans
le bois. Quand il s'en rendit compte, la nuit était tombée.

Où était-il ? Les fantômes allaient-ils le dévorer ? Tremblant de peur, le petit garçon avançait
entre les arbres. Soudain, il vit deux énormes yeux jaunes qui le regardaient fixement.

« Aaah ! cria-t-il. Un fantôme ! »

Petit Pierre entendit alors comme une petite voix dans sa tête qui disait : « Mais non, c'est
une chouette ! »

Au même moment, l'oiseau s'envola. Petit Pierre repartit, quand il entendit courir
derrière lui.

« Un fantôme me poursuit, pensa-t-il terrorisé.

— C'est une biche qui a pris peur », le rassura la petite voix.

Petit Pierre se pencha et attrapa un bâton pour se
donner du courage. Lorsqu'il se releva, une
main griffue retenait son pull. **IL HURLA DE TERREUR.**

« Ne sois pas ridicule !
Ce n'est qu'une branche d'arbre »,
le gronda la petite voix.

Petit Pierre se retourna et
décrocha le bout de bois
accroché à son pull.

Puis il continua courageusement son chemin, apprenant à reconnaître les bruits de la forêt la nuit.

Au petit matin, lorsqu'il retrouva sa maison, sa maman se précipita vers lui.

« Nous avons eu si peur !

lui dit-elle en l'embrassant. Les fantômes ne t'ont donc pas mangé !

— Quels fantômes ? demanda Petit Pierre.

— Ceux de la Nuit des fantômes, bien sûr !

— Ce sont les bruits de la forêt qui paraissent si effrayants ! expliqua le garçon. Il n'y a pas de fantômes dans la forêt de Troussepoils !

— Pas de fantômes ? Tu es sûr ? redemanda sa maman.

— Aïe ! Petit Pierre sursauta : quelqu'un venait de lui tirer l'oreille. Euh, peut-être un petit », murmura-t-il.

Depuis ce jour-là, Petit Pierre n'a plus peur de la forêt, car il sait qu'il a un ami et s'il y a d'autres fantômes, des gros, il ne veut pas le savoir !

La menace
Bongator

Un jour, vers midi, une soucoupe volante atterrit sur
la Terre. Un extraterrestre en sortit d'un bond. Il était
gigantesque, avec des poings énormes. Il cria :
« Ridicules créatures humaines ! Vous êtes des minus.
Nous autres, habitants de la planète Bongator, nous avons des
super-pouvoirs. Nous avons décidé d'envahir la
Terre demain, sauf si un être humain parvient à me battre
avant la nuit. Bon courage, hé, hé ! »
Ce fut un après-midi terrible. On fit venir les hommes les
plus costauds de la Terre : le champion mondial d'escrime,
le roi de la boxe, la meilleure ceinture noire de judo,
le plus grand dompteur de bêtes féroces…

Il les assomma les uns après les autres sans qu'ils aient eu le temps de dire « ouf ».

Le soleil se coucha. Les hommes commençaient à désespérer. C'est alors qu'un vieillard se présenta. Il était petit et voûté, avec des yeux endormis et un gentil sourire. Il portait sur l'épaule un léger balluchon.

L'extraterrestre éclata d'un rire qui résonna dans tous les pays.

« Eh bien, papy, tu veux tenter ta chance ? Qu'est-ce que tu caches dans ton balluchon ? Tiens, du sable, c'est original ! À quoi peut-il bien te serv... ? »

Tout le monde entendit alors un bâillement monumental. Puis, plus rien. Puis des ronflements s'élevèrent, faisant trembler la Terre entière.

Le vieillard referma son balluchon.

« Mon pauvre ami, le marchand de sable est âgé comme le monde, mais personne ne lui a jamais résisté. »

L'extraterrestre dormait comme un loir, en suçant son pouce avec un sourire enfantin.

On le coucha dans sa soucoupe volante pour le renvoyer vers l'espace.

Et l'on n'entendit plus jamais parler de la planète Bongator.

Le trésor

Gabriel regarda sa carte et leva de nouveau la tête vers l'étrange cabane perchée en haut de l'arbre.

Pas de doute possible, le trésor devait être là-haut.

Gabriel passa la main sur son front trempé de sueur. La forêt amazonienne était étouffante et humide et il pouvait à peine respirer. Il prit son élan, s'agrippa aux lianes qui enserraient le tronc et commença à grimper. Gabriel pria pour ne pas tomber sur un serpent-caméléon dissimulé dans les cimes des arbres.

« On croit attraper une liane, lui avait raconté un vieil Indien, mais en fait, tu déranges le serpent dans son sommeil. Sa morsure ne pardonne pas. » Gabriel secoua la tête et continua son escalade.

Un frisson glacé lui parcourut le dos : une mygale énorme et velue, à vingt pattes et huit yeux, se tenait à quelques centimètres de son visage, prête à bondir.

Lentement, Gabriel sortit sa machette, très lentement il la leva et… d'un coup sec et précis, il frappa le monstre. Gabriel souffla.

La cabane était proche.

« Courage, se dit-il.
Pense au trésor qui t'attend. »

Une liane épaisse se balançait doucement devant lui. Gabriel la saisit, mais celle-ci céda avec un craquement sinistre. Avec un cri étranglé, Gabriel agrippa le tronc. Il ferma les yeux quelques secondes en pensant au sort terrible auquel il avait échappé.

Enfin, il arriva sur la petite plate-forme suspendue. La première chose à faire était de s'assurer que l'endroit et ses environs étaient sûrs. Gabriel sortit sa longue-vue et scruta l'horizon. Rien.

Un bruit dans les feuillages et Gabriel se retourna, aux aguets. Pas question de recevoir dans le cou une fléchette empoisonnée ou de se faire surprendre par une attaque de singes en furie. Toujours rien.

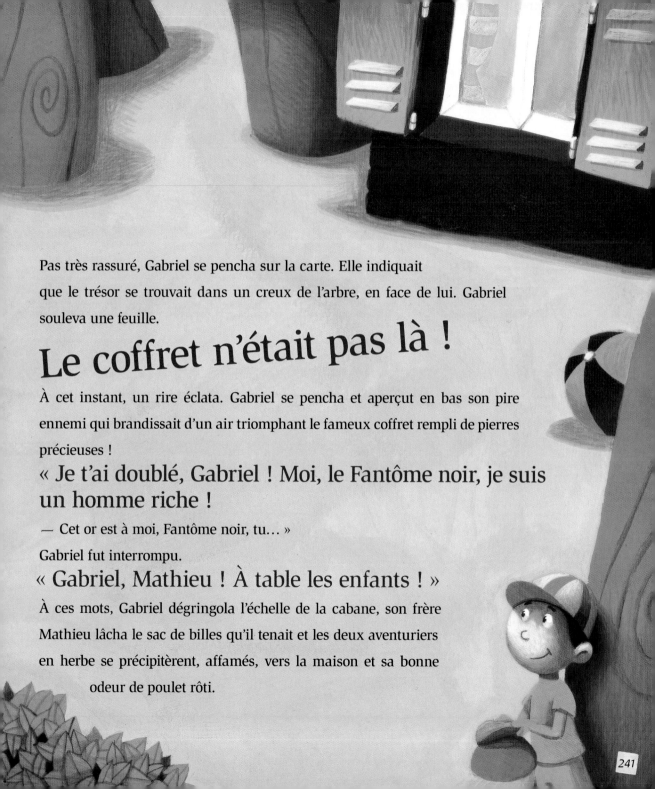

Pas très rassuré, Gabriel se pencha sur la carte. Elle indiquait que le trésor se trouvait dans un creux de l'arbre, en face de lui. Gabriel souleva une feuille.

Le coffret n'était pas là !

À cet instant, un rire éclata. Gabriel se pencha et aperçut en bas son pire ennemi qui brandissait d'un air triomphant le fameux coffret rempli de pierres précieuses !

« Je t'ai doublé, Gabriel ! Moi, le Fantôme noir, je suis un homme riche !

— Cet or est à moi, Fantôme noir, tu… »

Gabriel fut interrompu.

« Gabriel, Mathieu ! À table les enfants ! »

À ces mots, Gabriel dégringola l'échelle de la cabane, son frère Mathieu lâcha le sac de billes qu'il tenait et les deux aventuriers en herbe se précipitèrent, affamés, vers la maison et sa bonne odeur de poulet rôti.

L'escalier
d'Entre-Ciel-et-Mer

Un mystérieux escalier se dressait dans la ville d'Entre-Ciel-et-Mer.

Sa courbe bleue partait de la mer et fuyait en spirale vers le ciel où elle disparaissait, avalée par les nuages.

Il existait depuis toujours et, depuis toujours, les habitants ne cessaient de travailler leur souffle, car tous désiraient monter jusqu'en haut et savoir où il allait…

Si bien que, partout dans la ville, jamais personne ne restait immobile ! Le livreur de journaux faisait dix fois le tour du quartier à vélo, le boulanger pétrissait son pain avec les pieds, persuadé qu'il allait les muscler, et la maîtresse avait décidé de se rendre à cloche-pied à l'école ! Tous les enfants pratiquaient plusieurs sports, espérant un jour devenir assez forts…

Surtout Meo, qui plongeait en mer depuis des années et rêvait d'aller dans le ciel ! Il s'entraînait dur et, à chaque tentative, il réussissait à grimper une marche de plus, mais jamais il ne voyait la fin de l'escalier.

Un jour, désespéré et à bout de forces, il s'assit sur la première marche et se mit à réfléchir : à quoi pouvait bien servir cet escalier ? À monter ou à descendre ? Combien de marches avait-il ? Finissait-il ou était-il sans fin ?

Les questions ne cessaient de jaillir dans son esprit et, bientôt, la nuit tomba.

C'est alors que le jeune garçon vit les étoiles de mer sortir de l'eau une à une et l'enjamber pour monter les marches jusqu'au ciel…

« Salut, Meo ! lança Antarès.

— Bonjour, Meo ! dit Sirius.

— Ça va, Meo ? » s'enquit Pollux.

Meo n'en revenait pas, il les connaissait toutes ! La dernière se retourna vers lui et lui fit un clin d'œil. Meo sourit. L'escalier n'avait plus de mystère : il servait de passerelle pour les étoiles d'Entre-Ciel-et-Mer.

Une grenouille trop curieuse

Rainette est une petite grenouille très curieuse. Trop curieuse ! Elle se mêle de ce qui ne la regarde pas. Elle espionne les uns et s'occupe sans cesse des affaires des autres. Partout où elle passe, elle demande :

« CÔA ? CÔA ? Quoi ? Qu'est-ce qui se passe ? »

Sa curiosité est si agaçante que plus une grenouille ne lui parle.

Sans amis, Rainette se promène tristement quand, soudain, elle repère un terrier d'où sortent des bruits étranges. C'est plus qu'il n'en faut pour attiser sa curiosité. En un bond, la voilà près du trou ! Elle se penche pour mieux y voir, se penche, se penche et… POUM ! atterrit aux pieds de la terrible Crapouille.

« Tu m'espionnais ! s'écrie la sorcière des grenouilles en roulant de gros yeux.

— Non ! » murmure Rainette terrorisée.

Crapouille la dévisage avec attention.

« MAIS JE TE RECONNAIS ! TU ES RAINETTE, LA GRENOUILLE TROP CURIEUSE !

Plat de nouilles, ventre d'andouille, poil de quenouille, si tu te mêles encore une fois des affaires des autres, je te change en citrouille, foi de grenouille ! Seul un prince pourra te délivrer de ce mauvais sort », ajoute-t-elle avant de disparaître dans un épais nuage noir.

Lorsque la fumée se dissipe, le terrier a disparu. Rainette est au bord d'un étang, seule. Enfin, presque. Car la petite grenouille entend quelqu'un pleurer. Curieuse, elle s'avance et découvre un beau crapaud assis tristement sur une pierre.

« CÔA ? CÔ… »

Rainette s'arrête aussitôt, se souvenant des mots de la sorcière, et s'approche en quelques bonds gracieux. Lorsqu'il l'aperçoit, le crapaud la trouve si jolie qu'il en oublie son chagrin. Il ouvre la bouche pour lui parler, lui dire bonjour mais… RIEN ! Il n'émet aucun son.

De son côté, Rainette est si contente d'avoir un peu de compagnie qu'elle en oublie d'être curieuse.

Rainette revient le lendemain. Le surlendemain.

Et le sur-surlendemain. Bientôt, ces deux-là ne se quittent plus.

Un jour, Rainette n'y tient plus, elle saute au cou du crapaud, l'embrasse sur la joue et… retombe sur le nez ! Car le crapaud a disparu.

À sa place se tient un minuscule prince grenouille. En effet, chez les grenouilles aussi, les sorcières transforment les princes en crapaud !

« J'étais trop bavard, explique le prince à Rainette. Crapouille m'a transformé en crapaud muet pour me punir. Seul le baiser d'une jolie grenouille pouvait me sauver.

— Nous voilà donc tous deux délivrés de notre mauvais sort, sourit Rainette.

— Marions-nous vite, dit le prince.

Et je promets de ne plus jamais parler à tort et à travers.

— Et moi, de ne plus jamais me mêler des affaires des autres. »

Le pirate
qui souffrait
du mal de mer

Robert l'Impitoyable était un bandit de grand chemin. Sa méchanceté n'avait d'égale que son avidité. Après avoir passé vingt ans à attaquer des carrosses sur les routes, il décida de devenir pirate sur les mers.

« Mon métier restera le même, pensait-il, mais j'y gagnerai davantage. Les gros navires transportent plus d'or que les petites diligences ! »

L'Impitoyable s'acheta donc une tenue de pirate et un bateau de course. Lorsqu'il leva l'ancre, il était très content de lui-même. Mais peu après son départ, il devint blanc comme une tête de mort et se mit à gémir : « J'ai mal au cœur... »

Le vent se leva, les vagues firent tanguer le navire, et Robert eut l'impression que son estomac se retournait.

Il souffrait du mal de mer : jamais il ne pourrait être pirate ! Il décida de retourner au port pour mettre fin à son cauchemar, mais il était trop malade pour tenir le gouvernail et appela le premier navire en vue :

« À l'aide, je suis souffrant ! »

Mais le capitaine n'entendit pas ses paroles ; voyant le drapeau noir qui flottait au mât de Robert, il s'éloigna à toute vitesse et alla prévenir la police des mers. Le pirate se laissa capturer docilement, trop heureux d'être ramené sur la terre ferme !

Une fois en prison, sa méchanceté revint avec sa santé. Il insulta le juge chargé de son procès, refusa de rendre tout l'or qu'il avait volé en vingt ans et jura qu'il s'échapperait pour dévaliser d'autres voyageurs.

Le juge eut alors un regard pétillant de malice : « Bien, monsieur l'Impitoyable. Je vois qu'il n'y a rien à espérer. Je vous condamne donc aux galères. Vous passerez votre vie à ramer sur les navires du roi. Cela vous guérira peut-être du mal de mer ? »

De surprise et de terreur, l'Impitoyable s'évanouit.

Lorsqu'il revint à lui, il était devenu doux comme un agneau. Il rendit son trésor de bon cœur, si bien que le juge le libéra. Il se fit alors conteur de grand chemin. Il sillonnait les routes pour raconter aux enfants des légendes de pirates qui n'avaient pas le mal de mer.

Le prince gourmand et le dragon

Il était une fois un prince qui adorait les gâteaux. Il avait inventé mille et une recettes délicieuses : la meringue à la perle de rosée, c'était lui ! La charlotte fourrée à la nougatine et aux pépites de lune, c'était encore lui !

Le prince passait donc la plus grande partie de son temps à faire de la pâtisserie et était très heureux ainsi. Pourtant, le roi son père se désespérait et ne cessait de lui répéter :

« Mon fils, mais quand penserez-vous au mariage ?

— Lorsque j'aurai trouvé une princesse qui ne sera pas occupée sans cesse à surveiller sa ligne et qui ne mangera pas que de la soupe et des légumes », répondait le prince, d'un air distrait, avant de casser un œuf dans un bol.

Un jour, un grand dragon attaqua le royaume sans crier gare. Il balaya les toits des maisons, brûla les champs, assécha les fontaines.

Le prince, n'écoutant que
son courage, abandonna ses gâteaux,
enfourcha un cheval et se lança à sa poursuite. Il suivit le dragon
à bride abattue jusqu'au crépuscule, avant de le voir s'engouffrer dans
le creux d'une montagne.

Le prince abandonna sa monture et commença à grimper. Mais où était donc
la cachette de ce dragon ? Soudain, le prince s'arrêta, stupéfait. Une petite
maison se dressait devant lui, et de la cheminée s'échappait un panache de
fumée. Étonné, le prince frappa à la porte. Une ravissante jeune fille lui ouvrit.

« Bonsoir, mademoiselle, avez-vous vu passer un dragon ? »
demanda le prince, intimidé par sa beauté.

La jeune fille regarda le prince d'un drôle d'air, puis soudain elle éclata
en sanglots. « Je suis le dragon ! Une méchante sorcière m'a jeté un sort.
Je me transforme en dragon au lever du jour et je ne redeviens
moi-même qu'à la tombée de la nuit. »

Ému par la détresse de la jeune fille, le prince tenta de la consoler et lui demanda ce qu'elle faisait de ses nuits. « Je... fais de la pâtisserie, car c'est la seule chose qui me console, répondit la jeune fille en rougissant.

– **Des gâteaux !** »

Conquis par cette jeune fille décidément pas comme les autres, le prince lui expliqua combien lui aussi aimait les desserts. Tous deux passèrent alors la nuit à comparer leurs recettes, et la jeune fille en oublia son chagrin. Trop occupés à préparer une tarte au nuage confit, les jeunes gens ne virent pas le jour se lever. Quand les rayons du soleil frappèrent doucement la joue de la jeune fille, elle poussa un cri de surprise et de peur, mais rien ne se produisit. L'amour avait brisé le sortilège ! Le prince et la jeune fille se marièrent dès leur retour au royaume et vécurent heureux très longtemps.

La morale de cette histoire ? La gourmandise est un très joli défaut !

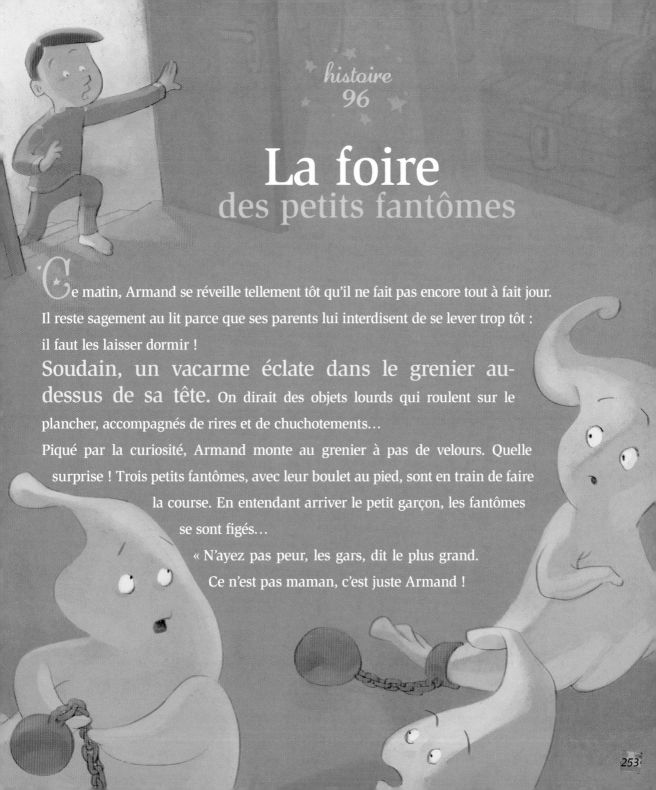

La foire
des petits fantômes

Ce matin, Armand se réveille tellement tôt qu'il ne fait pas encore tout à fait jour.
Il reste sagement au lit parce que ses parents lui interdisent de se lever trop tôt :
il faut les laisser dormir !

Soudain, un vacarme éclate dans le grenier au-dessus de sa tête. On dirait des objets lourds qui roulent sur le plancher, accompagnés de rires et de chuchotements…

Piqué par la curiosité, Armand monte au grenier à pas de velours. Quelle surprise ! Trois petits fantômes, avec leur boulet au pied, sont en train de faire la course. En entendant arriver le petit garçon, les fantômes se sont figés…

« N'ayez pas peur, les gars, dit le plus grand.
Ce n'est pas maman, c'est juste Armand !

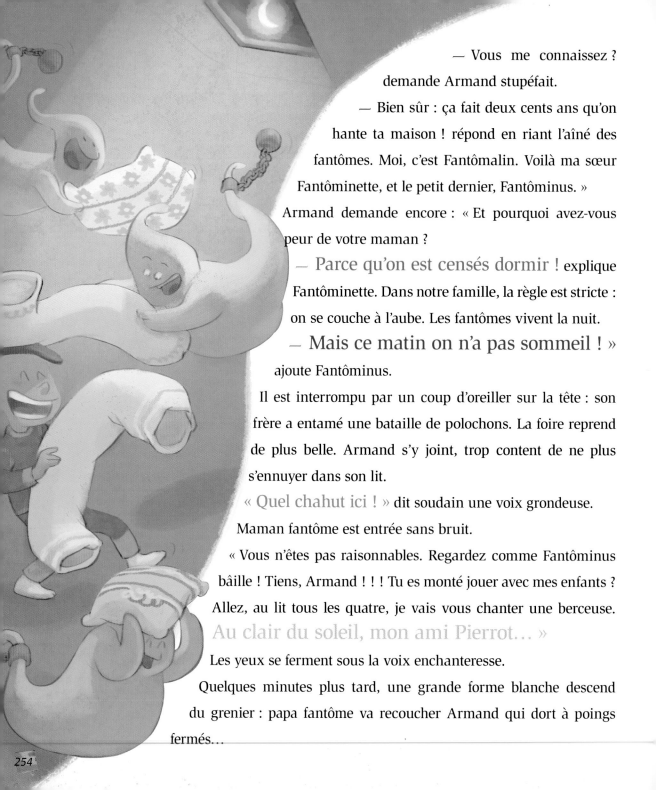

— Vous me connaissez ? demande Armand stupéfait.

— Bien sûr : ça fait deux cents ans qu'on hante ta maison ! répond en riant l'aîné des fantômes. Moi, c'est Fantômalin. Voilà ma sœur Fantôminette, et le petit dernier, Fantôminus. »

Armand demande encore : « Et pourquoi avez-vous peur de votre maman ?

— Parce qu'on est censés dormir ! explique Fantôminette. Dans notre famille, la règle est stricte : on se couche à l'aube. Les fantômes vivent la nuit.

— Mais ce matin on n'a pas sommeil ! » ajoute Fantôminus.

Il est interrompu par un coup d'oreiller sur la tête : son frère a entamé une bataille de polochons. La foire reprend de plus belle. Armand s'y joint, trop content de ne plus s'ennuyer dans son lit.

« Quel chahut ici ! » dit soudain une voix grondeuse.

Maman fantôme est entrée sans bruit.

« Vous n'êtes pas raisonnables. Regardez comme Fantôminus bâille ! Tiens, Armand ! ! ! Tu es monté jouer avec mes enfants ? Allez, au lit tous les quatre, je vais vous chanter une berceuse. Au clair du soleil, mon ami Pierrot... »

Les yeux se ferment sous la voix enchanteresse.

Quelques minutes plus tard, une grande forme blanche descend du grenier : papa fantôme va recoucher Armand qui dort à poings fermés...

Fiéro,
le petit poisson
imprudent

Fiéro était un petit poisson fier car, pour son âge, il avait déjà de grandes nageoires.
« Je suis le plus rapide de tous les poissons ! » répétait-il toute
la journée.

Fiéro était rapide, mais il était aussi très imprudent et Dame poisson, sa maman, passait
son temps à le mettre en garde : « Ne t'aventure pas trop loin, Fiéro, le monde sous-marin
cache de grands dangers !

— Je sais, tu me l'as déjà dit ! » répondait-il inlassablement.

Mais dès que Dame poisson avait le dos tourné, il n'en faisait qu'à sa tête et filait vers

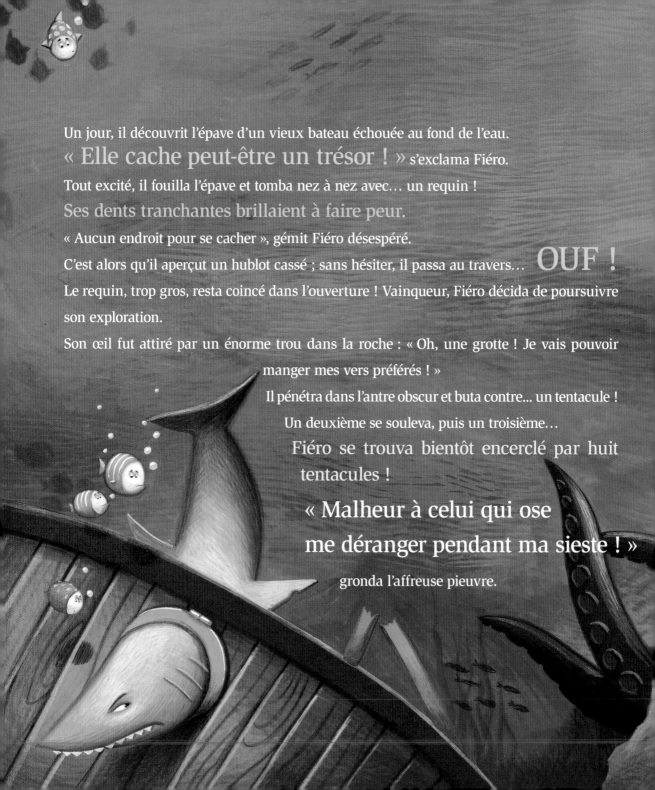

Un jour, il découvrit l'épave d'un vieux bateau échouée au fond de l'eau.
« Elle cache peut-être un trésor ! » s'exclama Fiéro.

Tout excité, il fouilla l'épave et tomba nez à nez avec… un requin !
Ses dents tranchantes brillaient à faire peur.

« Aucun endroit pour se cacher », gémit Fiéro désespéré.

C'est alors qu'il aperçut un hublot cassé ; sans hésiter, il passa au travers…   OUF !

Le requin, trop gros, resta coincé dans l'ouverture ! Vainqueur, Fiéro décida de poursuivre son exploration.

Son œil fut attiré par un énorme trou dans la roche : « Oh, une grotte ! Je vais pouvoir manger mes vers préférés ! »

Il pénétra dans l'antre obscur et buta contre… un tentacule !

Un deuxième se souleva, puis un troisième…

Fiéro se trouva bientôt encerclé par huit tentacules !

« Malheur à celui qui ose
me déranger pendant ma sieste ! »

gronda l'affreuse pieuvre.

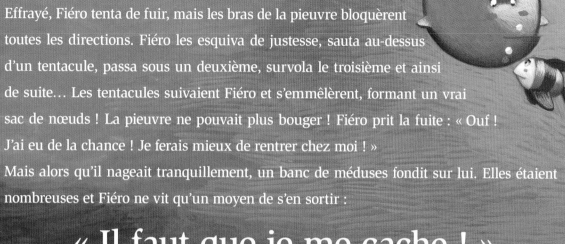

Effrayé, Fiéro tenta de fuir, mais les bras de la pieuvre bloquèrent toutes les directions. Fiéro les esquiva de justesse, sauta au-dessus d'un tentacule, passa sous un deuxième, survola le troisième et ainsi de suite... Les tentacules suivaient Fiéro et s'emmêlèrent, formant un vrai sac de nœuds ! La pieuvre ne pouvait plus bouger ! Fiéro prit la fuite : « Ouf ! J'ai eu de la chance ! Je ferais mieux de rentrer chez moi ! »

Mais alors qu'il nageait tranquillement, un banc de méduses fondit sur lui. Elles étaient nombreuses et Fiéro ne vit qu'un moyen de s'en sortir :

« Il faut que je me cache ! »

Il plongea aussitôt vers le fond. Dès qu'il toucha le sol, sa peau prit la couleur du sable. Les méduses le cherchèrent, mais en vain : Fiéro était invisible ! Lassées, les étranges silhouettes reprirent leur chemin.

Fiéro rentra enfin chez lui.

« Tu as fait une bonne promenade ? lui demanda sa maman.

— Très tranquille ! » répondit Fiéro avec malice.

Le roi des animaux
et le champion olympique

Un matin, en Afrique, quelques gazelles broutaient dans la savane lorsqu'un rugissement leur fit lever la tête. Un lion affamé fonçait sur elles ! Les gazelles paniquées se dispersèrent. Le lion décida de poursuivre la plus petite. Il se disait :

« Le bébé gazelle n'est pas rapide. Je vais le rattraper sans effort ! »

En effet, chaque bond qu'il faisait le rapprochait de sa proie. Il savourait son repas à l'avance. Affolée et épuisée, la gazelle ne vit pas qu'un homme se dressait sur sa route, un homme très grand et très musclé. Il l'arrêta par les cornes, la prit sur ses épaules et se mit à courir avec des foulées immenses !

Le lion stupéfait s'arrêta un instant et rugit de fureur.

« De quoi se mêle ce gaillard ? Il veut me voler mon déjeuner ?

Eh bien, je vais le dévorer aussi ! »

Et il reprit sa poursuite.

Mais l'homme était un bolide. « N'aie pas peur, gracieuse gazelle, ce lion ne t'aura pas. Je suis un Éthiopien des hauts plateaux, et nous sommes les meilleurs coureurs du monde. Sur nos terres, l'oxygène est rare et nos poumons et notre cœur ont développé une endurance inégalable ! »

En effet, le lion galopa longtemps dans la savane derrière sa proie. Le soleil était maintenant brûlant dans le ciel, mais l'homme gardait son rythme. Le lion se faisait distancer.

Il s'arrêta enfin, la langue pendante, et eut un rugissement plaintif :

« Grâce ! J'abandonne ! »

Il repartit la queue basse. Le coureur posa la gazelle à terre et dit en riant : « Le lion est le roi des animaux. Mais il n'est pas médaille d'or à la course aux Jeux olympiques ! »

Et il respira un grand coup, car il était — quand même — un peu essoufflé.

L'école
dans le désert

Quelque part au cœur du Sahara, il existait une école pas comme les autres. Elle n'avait ni murs, ni fenêtres, ni toit, ni tables, ni chaises. Chaque jour, les élèves grimpaient sur le dos de leur chameau et suivaient la maîtresse à travers le désert. Bercés par le pas lent de leur animal, ils apprenaient les mathématiques, l'histoire ou la musique.

Une année, un inspecteur fut envoyé par l'Académie afin de tester le niveau des élèves. À peine arrivé, il regarda d'un air mauvais cette école sans murs et sans fenêtres, qui se déplaçait à longueur de journée.

« Cette école dans le désert ne vaut rien, pensa-t-il méchamment.

On n'apprend rien, juché sur un chameau ! Une seule erreur et je la ferme ! »

Il tendit alors à chaque élève une feuille couverte de questions.

Assis confortablement sur le dos de leur chameau, les élèves se mirent aussitôt au travail.

Les questions leur semblèrent faciles et tous y répondirent sans problème.

Tous… sauf Hichem.

Hichem était arrivé depuis très peu de temps. Il était le petit dernier d'une famille pauvre qui ne possédait qu'un seul chameau. Avant de pouvoir aller à l'école à son tour, il avait dû attendre que ses frères terminent leurs études et lui laissent, enfin, le vieux chameau.

À califourchon sur son animal, Hichem se grattait la tête.

« Sept fois trois, lisait-il tout haut.

— Vingt et un ! » lui souffla une voix douce.

L'enfant leva les yeux pour voir qui l'avait aidé. Il ne vit personne et pensa avoir rêvé.

« La capitale de la France ? s'interrogea-t-il ensuite.

— Paris ! » murmura la même voix.

Cette fois-ci, Hichem était sûr d'avoir entendu quelqu'un parler.

« Quelles sont les notes de musique ? essaya-t-il une nouvelle fois.

— Do, ré, mi, fa, sol, la, si, do ! »

Hichem n'en crut pas ses oreilles : son chameau venait de lui répondre !

« Tu parles ? demanda-t-il timidement.

— Bien sûr, répondit le chameau avec un clin d'œil. Et je sais aussi lire et compter ! Je suis à l'école du désert depuis si longtemps que j'ai fini par apprendre moi aussi. »

Hichem se mit à rire doucement. « Tu veux bien m'aider ? » demanda-t-il.

Hichem et son chameau rendirent leur copie après les autres, mais ils ne firent aucune faute eux non plus. L'inspecteur repartit très étonné, mais rassuré. Quant à la maîtresse, elle garda son école un peu particulière où même les chameaux savaient lire et compter !

Le prince
distrait

Il était une fois un prince beau et intrépide. Pourtant, le roi son père pensait qu'il ne trouverait jamais de princesse car il était terriblement distrait !

Et le roi se lamentait : « Blanche-Neige ? Il aurait dû l'épouser, mais il s'est perdu dans la forêt ! La Belle au bois dormant ? Il avait oublié l'adresse du château ! Cendrillon ? Ce jour-là, il est arrivé en retard, après les douze coups de minuit ! »

Un jour, le roi vint voir son fils et lui dit : « Mon fils, j'ai consulté le registre des princesses. Vois, elles sont toutes mariées, SAUF UNE qui habite dans un château avec donjon.

Alors vas-y, trouve-la et marie-toi, bon sang ! »

Le prince distrait partit donc à sa recherche.

Après une longue chevauchée, il arriva devant un château. Mais que lui avait donc dit le roi son père ? Un château avec donjon ou un château sans donjon ?

Le prince réfléchit et décida, sûr de lui : SANS donjon. Il s'approcha. « Il y a quelqu'un ? » hasarda le prince. Après un instant, une ravissante jeune fille apparut et le prince s'excusa. « La porte était ouverte et je...

— Oh ! ne vous inquiétez pas, répondit la jeune fille. Je suis si distraite, j'oublie toujours de la fermer.

— Qui êtes-vous, jolie demoiselle ? lui demanda le prince, sous le charme.

— Une princesse, mais personne ne me connaît, car j'ai oublié de m'inscrire sur le registre des princesses. Et vous ?

— Oh, moi, je... je suis... »

Le prince se mit à bafouiller et à rougir. La princesse distraite le trouva si charmant qu'elle en tomba amoureuse. Quand il eut retrouvé sa voix, le prince lui demanda si elle voulait l'épouser et elle accepta.

Les deux tourtereaux se marièrent et furent très heureux, tout distraits qu'ils étaient.

Quant à la princesse du registre des princesses habitant un château AVEC donjon ?

Eh bien, peut-être attend-elle encore son prince !

Le super-héros qui n'avait pas de nom

Il était une fois un super-héros qui n'avait pas de nom. Il avait eu beau chercher, il n'en avait jamais trouvé. Batman, Superman et Spiderman étaient déjà pris. Patator ne faisait pas sérieux. Fil d'or était mieux pour une fille.

Or, comme il n'avait pas de nom, personne ne l'appelait jamais pour sauver la planète. Sans missions, le super-héros était malheureux.

Un jour, le super-héros, qui était un gourmand, visita la gigantesque usine de bonbons de Sucetteville. Il voulait tout voir : les réservoirs à sucre, les machines à sculpter les sucettes, les tresseuses de guimauve…

Mais tandis qu'il regardait un robot emmailloter des bonbons dans du papier coloré, un grondement sourd monta du centre de l'usine.

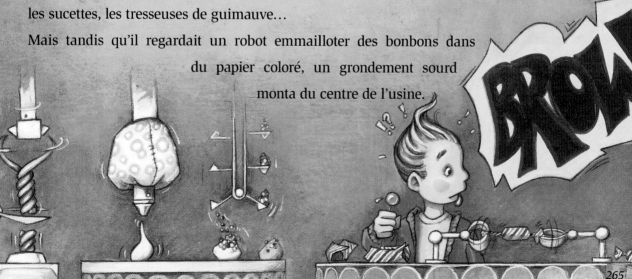

ALERTE !

Bientôt, les murs et le sol se mirent à trembler. C'était terrifiant ! Un ouvrier hurlait de terreur en filant vers la sortie.

« Fuyons ! » cria un visiteur terrorisé.

Tout le monde courait dans tous les sens. Même les robots s'enfuyaient en grinçant.

« Alerte ! ALERTE ! brailla un haut-parleur. ÉVACUATION IMMÉDIATE ! »

Le super-héros interrogea un homme qui se ruait vers la sortie.

« Que se passe-t-il ?

— La cuve de caramel va exploser, répondit l'homme. Un torrent de caramel va se déverser sur Sucetteville.

— Peut-on empêcher la catastrophe ?

— Non, gémit l'homme. La situation est désespérée. Superman est en vacances. Le téléphone de Batman est toujours occupé. Quant à Spiderman, impossible de le trouver ! Nous sommes perdus !

— Où se trouve la cuve ? demanda le super-héros.

— Là-bas. Mais… »

Sous l'air médusé de l'homme, le super-héros s'élança dans la direction indiquée.

Quelques secondes plus tard, un terrible craquement se fit entendre et la terre s'arrêta subitement de trembler. Les habitants de Sucetteville n'en crurent pas leurs yeux.

Le super-héros venait de traverser le toit de l'usine, portant à bout de bras la gigantesque cuve remplie de caramel. Lorsqu'il atteignit enfin les nuages, il banda ses muscles et envoya dans l'espace son énorme chargement.

Un tonnerre d'applaudissements accueillit son exploit. Lorsqu'il remit pied à terre, le super-héros était fier, souriant et… **dégoulinant de caramel !**

Le maire de Sucetteville s'approcha : « Vous avez sauvé notre ville, dit-il solennellement. Qui êtes-vous ? »

Le super-héros hésita un instant, rattrapa une goutte de caramel qui dégringolait le long de son nez et répondit en riant :

« CARAMELO le super-héros ! »

CARAMELO
LE NOUVEAU SUPER-HEROS

INCROYABLE ! Hier, devant les yeux ébahis d'une foule inquiète, un inconnu surgi d'on ne sait où a sauvé la ville d'un torrent de caramel chauffé à près de 150°C... C'est vers 10h45 que l'alarme a été donnée dans l'usine à bonbons : une toute récente cuve (venue remplacer celle dont l'ancien maire avait fait don ; la polémique risque de ressurgir) a commencé à se fissurer de part en part, alors que l'usine ouvrait ses portes aux visiteurs.

L'antilope égarée

Quand Nicolas trouva sur le trottoir une peluche abandonnée qui ressemblait à une antilope, il la ramassa, la rapporta chez lui, la posa sur une chaise dans sa chambre puis l'oublia, impatient de se plonger dans son grand atlas de géographie qu'il adorait. La petite antilope se mit alors à pleurer.

« Pourquoi pleures-tu ? demanda Nicolas.

— Je me suis perdue près de la rivière Tangani, répondit l'antilope en sanglotant.

— Tangani, en Afrique ? »

Nicolas la souleva pour lui montrer le fil bleu de la rivière Tangani qui serpentait sur la page « Afrique » de l'atlas. La petite antilope se pencha sur la carte.

Elle saisit la main de Nicolas et bondit dans le livre : « Viens, aide-moi à retrouver mes parents. »

Et Nicolas se retrouva dans la savane qui s'étendait à perte de vue. Il entendit le clapotement de la rivière et sentit un vent chaud et plein de sable lui ébouriffer les cheveux. Nicolas et l'antilope se mirent en route. En chemin, ils rencontrèrent des éléphants en train de s'asperger. Nicolas désigna l'antilope et les interrogea : « Connaissez-vous ses parents ? »

Les éléphants balancèrent leur longue trompe et firent non de la tête.

Un peu plus loin, ils rencontrèrent des girafes qui grignotaient les feuilles d'un arbre.

Nicolas désigna l'antilope et les interrogea : « Connaissez-vous ses parents ? »

Les girafes balancèrent leur long cou et firent non de la tête. Un peu plus loin, ils rencontrèrent un singe qui paressait au soleil.

Nicolas désigna l'antilope et l'interrogea : « Connais-tu ses parents ? »

Le singe balança sa longue queue et fit non de la tête.

Soudain, l'antilope poussa un cri de joie et elle s'élança vers un troupeau d'antilopes qui broutaient au loin.

Nicolas essaya de la suivre et courut. « Attends-moi, je... »

Il trébucha et tomba de tout son long. Étourdi, il leva la tête... de son atlas. Il jeta un coup d'œil sur la chaise. Pas d'antilope.

« Drôle de rêve », songea Nicolas. Ce soir-là à table, sa mère lui passa la main dans les cheveux et dit en riant :

« Mais où as-tu joué tout l'après-midi ? Tu es plein de sable ! »

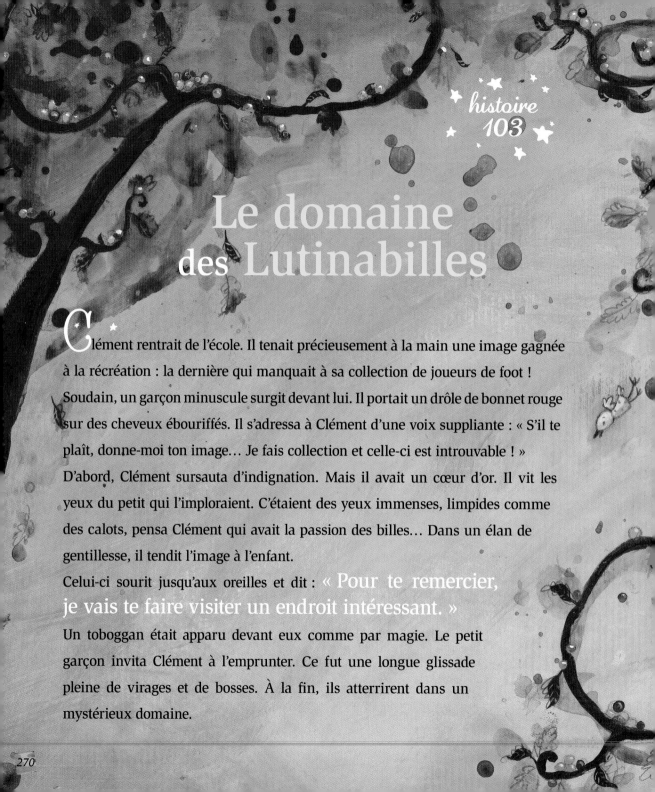

Le domaine des Lutinabilles

Clément rentrait de l'école. Il tenait précieusement à la main une image gagnée à la récréation : la dernière qui manquait à sa collection de joueurs de foot ! Soudain, un garçon minuscule surgit devant lui. Il portait un drôle de bonnet rouge sur des cheveux ébouriffés. Il s'adressa à Clément d'une voix suppliante : « S'il te plaît, donne-moi ton image… Je fais collection et celle-ci est introuvable ! » D'abord, Clément sursauta d'indignation. Mais il avait un cœur d'or. Il vit les yeux du petit qui l'imploraient. C'étaient des yeux immenses, limpides comme des calots, pensa Clément qui avait la passion des billes… Dans un élan de gentillesse, il tendit l'image à l'enfant.

Celui-ci sourit jusqu'aux oreilles et dit : « Pour te remercier, je vais te faire visiter un endroit intéressant. »

Un toboggan était apparu devant eux comme par magie. Le petit garçon invita Clément à l'emprunter. Ce fut une longue glissade pleine de virages et de bosses. À la fin, ils atterrirent dans un mystérieux domaine.

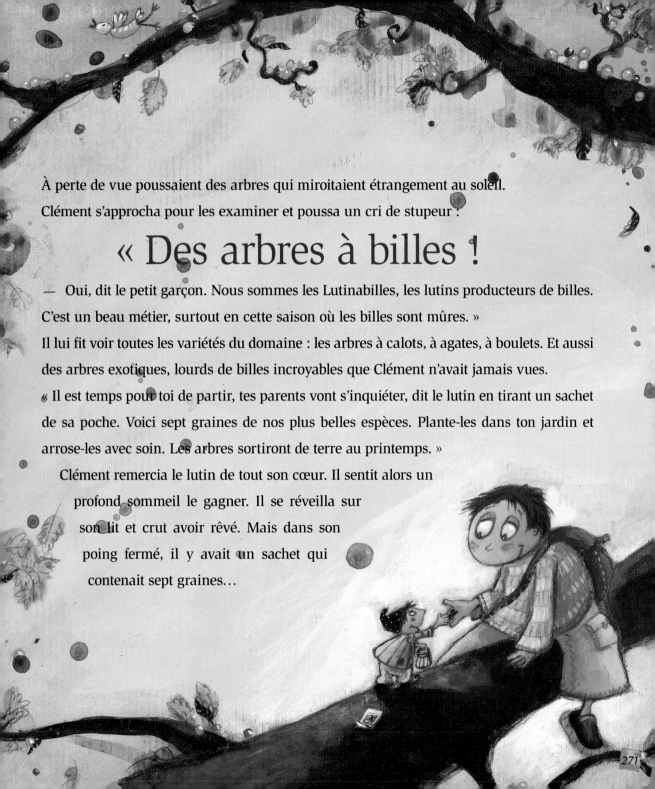

À perte de vue poussaient des arbres qui miroitaient étrangement au soleil.

Clément s'approcha pour les examiner et poussa un cri de stupeur :

« Des arbres à billes !

— Oui, dit le petit garçon. Nous sommes les Lutinabilles, les lutins producteurs de billes. C'est un beau métier, surtout en cette saison où les billes sont mûres. »

Il lui fit voir toutes les variétés du domaine : les arbres à calots, à agates, à boulets. Et aussi des arbres exotiques, lourds de billes incroyables que Clément n'avait jamais vues.

« Il est temps pour toi de partir, tes parents vont s'inquiéter, dit le lutin en tirant un sachet de sa poche. Voici sept graines de nos plus belles espèces. Plante-les dans ton jardin et arrose-les avec soin. Les arbres sortiront de terre au printemps. »

Clément remercia le lutin de tout son cœur. Il sentit alors un profond sommeil le gagner. Il se réveilla sur son lit et crut avoir rêvé. Mais dans son poing fermé, il y avait un sachet qui contenait sept graines…

Le musée
du Sommeil

Le professeur Morphée était un inventeur génial. Petit, il avait passé tant de nuits à se retourner dans son lit sans fermer l'œil qu'il avait décidé de ne fabriquer QUE des machines pour aider les gens à s'endormir.

Dans son atelier, il bricolait donc des engins extraordinaires dont le seul but était de faire passer de bonnes nuits à ses clients.

Un jour, le maire de la ville — un ancien client ! — vint trouver le professeur pour lui proposer d'exposer toutes ces machines dans un musée.

« On l'appellera le musée du Sommeil ! » dit le maire.

Tope là ! Marché conclu ! En moins de deux minutes, il fut convenu que le musée du Sommeil ouvrirait ses portes dix jours plus tard, au début du printemps.

Pendant ces dix jours, ce fut la panique
dans l'atelier. Pour la première fois depuis longtemps,
le professeur en perdit le sommeil.

Où allait-il placer le Tunnel à moutons pour compter les animaux
avant de s'endormir ?

Le Marchand de sable — cette grosse machine qui déversait des grains de sable, un par un, sur ses clients — allait-il entrer dans la salle ? Et que faire de la collection de Pouces à sucer en s'endormant ?

Le professeur Morphée ne savait plus où donner de la tête, ni comment faire tenir toutes ses inventions dans le musée du Sommeil.

Il y parvint pourtant et, le premier jour du printemps, tout le monde attendait pour visiter le musée. Le professeur Morphée regardait défiler des centaines de visiteurs. Le sourire aux lèvres, il écoutait leurs commentaires avec ravissement.

« Regarde la Moustiquaire à cauchemars, disait l'un. C'est incroyable, elle empêche les cauchemars d'entrer dans le lit !

— Moi je préfère la Machine à bisous, répondait un autre.

— Et moi le Lit Autorail qui berce en imitant le mouvement du train », ajoutait un troisième.

Mais bientôt, le professeur n'entendit plus rien. Petit à petit, les exclamations des visiteurs s'étaient tues. Seul un étrange bourdonnement s'échappait par la porte du musée. Le professeur s'approcha prudemment et découvrit… des centaines de personnes endormies !

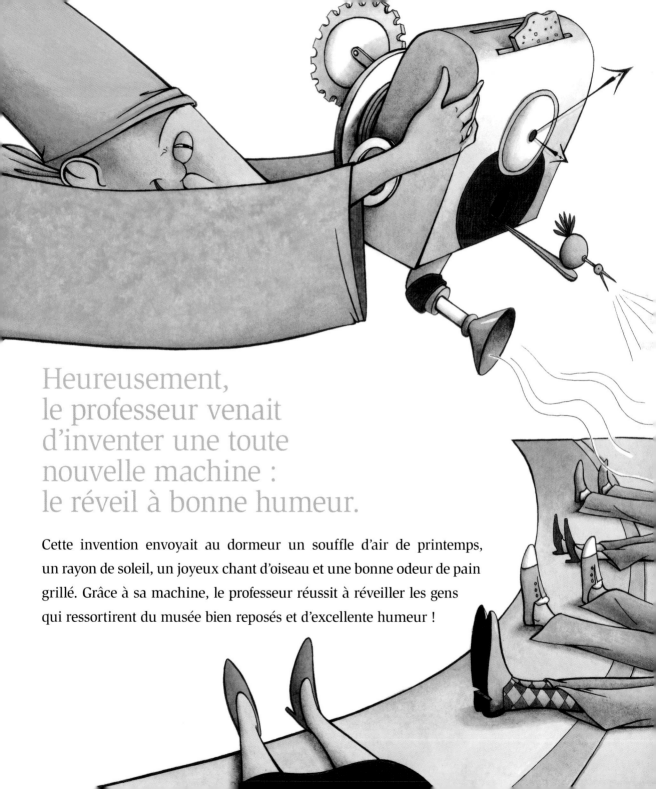

Heureusement, le professeur venait d'inventer une toute nouvelle machine : le réveil à bonne humeur.

Cette invention envoyait au dormeur un souffle d'air de printemps, un rayon de soleil, un joyeux chant d'oiseau et une bonne odeur de pain grillé. Grâce à sa machine, le professeur réussit à réveiller les gens qui ressortirent du musée bien reposés et d'excellente humeur !

Frayeur dans la jungle

La nuit tombait sur l'immense forêt amazonienne du Brésil. Marco commençait à avoir peur. Depuis des heures, il cherchait la sortie de ce labyrinthe, mais la jungle était bien trop épaisse pour qu'il puisse s'y retrouver. Il était complètement perdu. Surtout, il avait entendu dire que d'affreuses créatures habitaient les lieux. Il tremblait à l'idée de les rencontrer quand, soudain, il vit quelque chose bouger sur sa gauche. Il tourna la tête et aperçut une énorme araignée ! Ses huit pattes velues fonçaient sur lui ! Elle avait des yeux rouges terrifiants ! Aucun doute, la mygale n'allait faire de lui qu'une bouchée !

« Au secours ! »

cria-t-il.

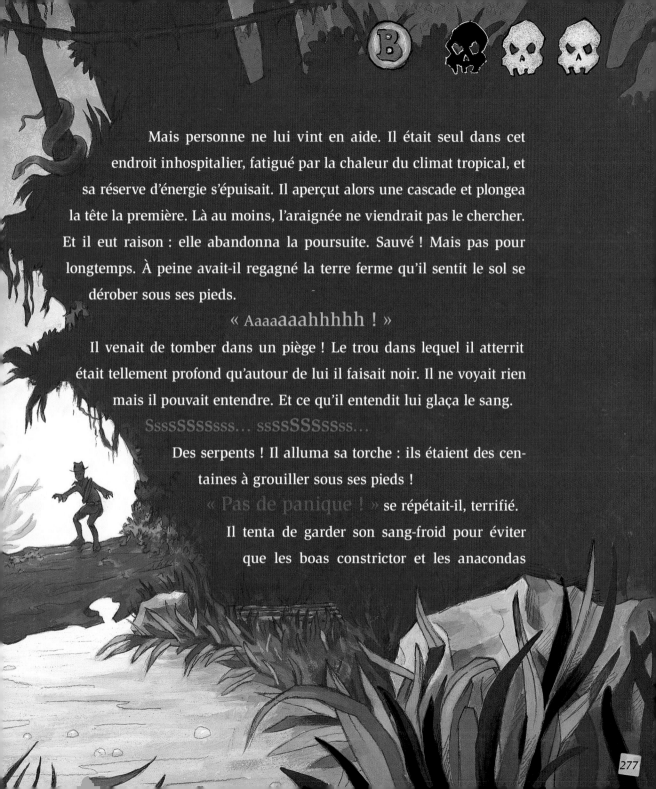

Mais personne ne lui vint en aide. Il était seul dans cet endroit inhospitalier, fatigué par la chaleur du climat tropical, et sa réserve d'énergie s'épuisait. Il aperçut alors une cascade et plongea la tête la première. Là au moins, l'araignée ne viendrait pas le chercher. Et il eut raison : elle abandonna la poursuite. Sauvé ! Mais pas pour longtemps. À peine avait-il regagné la terre ferme qu'il sentit le sol se dérober sous ses pieds.

« Aaaaaaahhhhh ! »

Il venait de tomber dans un piège ! Le trou dans lequel il atterrit était tellement profond qu'autour de lui il faisait noir. Il ne voyait rien mais il pouvait entendre. Et ce qu'il entendit lui glaça le sang.

SssssSSSssss… sssssSSSssss…

Des serpents ! Il alluma sa torche : ils étaient des centaines à grouiller sous ses pieds !

« Pas de panique ! » se répétait-il, terrifié.

Il tenta de garder son sang-froid pour éviter que les boas constrictor et les anacondas

ne se jettent sur lui et l'étouffent dans leurs anneaux. Mais il ne tiendrait pas longtemps. Tout à coup, en s'appuyant sur la paroi, il entendit un bruit sourd. Les murs s'écartèrent laissant apparaître un tunnel. Il n'en croyait pas ses yeux :

il venait de découvrir un passage secret ! Sans plus attendre, il commença à ramper, se demandant ce qui l'attendrait à la sortie. Il fut accueilli par un paysage encore plus lugubre que le précédent.

« Vais-je m'en sortir vivant ? » murmura-t-il à bout de forces.

Perdu dans ses pensées, il ne vit pas l'aigle féroce s'approcher. Quand il leva la tête, il était trop tard : le grand rapace referma sur lui ses serres aiguisées pour l'emporter vers les montagnes noires. Marco entendit alors une musique familière, une musique dont il commençait sérieusement à se lasser. Puis il vit s'afficher les lettres sur l'écran :

GAME OVER!

Une fois de plus, son jeu vidéo avait eu raison de ses forces !

Carolus *et* Rolf-le-Terrible

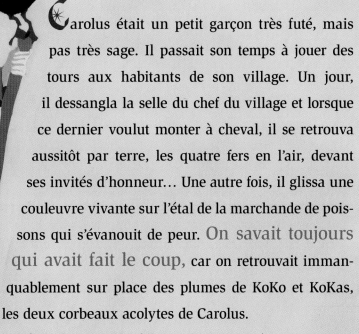

Carolus était un petit garçon très futé, mais pas très sage. Il passait son temps à jouer des tours aux habitants de son village. Un jour, il dessangla la selle du chef du village et lorsque ce dernier voulut monter à cheval, il se retrouva aussitôt par terre, les quatre fers en l'air, devant ses invités d'honneur… Une autre fois, il glissa une couleuvre vivante sur l'étal de la marchande de poissons qui s'évanouit de peur. On savait toujours qui avait fait le coup, car on retrouvait immanquablement sur place des plumes de KoKo et KoKas, les deux corbeaux acolytes de Carolus.

Juché en haut de la falaise, le garçon était justement en train de comploter avec ses deux complices, quand il vit surgir à l'horizon un bateau viking de cent mètres de long !

Comme le bateau se rapprochait, Carolus reconnut Rolf-le-Terrible, le plus cruel de tous les Vikings ! Sans perdre un instant, il dévala la pente et traversa le village en courant :

« ALERTE ! Rolf-le-Terrible arrive !

Son drakkar accoste sur la rive ! »

cria l'enfant à bout de souffle.

Mais personne ne le prit au sérieux.

« Encore une de tes farces ! dit le chef du village.

– Tu mériterais une bonne fessée ! » ajouta la poissonnière.

Les remarques allaient bon train quand soudain, Rolf-le-Terrible et son équipage apparurent sur la place du village. Avec leurs longs manteaux et leurs casques de cuir, ces pilleurs armés jusqu'aux dents étaient très impressionnants !

« Mettons ce village à feu et à sang ! » hurla le chef viking en brandissant sa hache.

Alors que les villageois tremblaient de peur, un mystérieux personnage apparut au milieu d'eux : vêtu d'une longue cape et d'un masque blanc, il avait l'air de flotter, les manches soulevées par deux oiseaux blancs. Les Vikings reconnurent tout de suite leur dieu Odin et ses fidèles colombes. Ils lâchèrent leurs armes et s'agenouillèrent.

« Dieu Odin, puisque tu veilles sur ce rivage,
nous épargnerons ses habitants et leur village »,

balbutia Rolf-le-Terrible.

Les Vikings remontèrent à bord de leur drakkar et s'éloignèrent pour toujours. Alors, Odin se posa et, tandis que les colombes faisaient voler la farine qui recouvrait leurs plumes, le dieu ôta sa cape et retira son masque : des cris de stupeur s'élevèrent quand les villageois découvrirent Koko, Kokas et Carolus ! Tous acclamèrent leurs sauveurs et, cette fois, remercièrent Carolus de sa farce très courageuse !

Mademoiselle *Pluche*

Mademoiselle Pluche était une maîtresse incroyable ! Elle portait d'énormes lunettes en forme de cœur, des chapeaux en forme de baba au rhum, et des souliers de lutin tout pointus. Avec elle, les élèves apprenaient à lire et à écrire, mais ils apprenaient aussi à coudre les nuages pour en faire des bérets basques, à récolter du miel de rosée, ou à dessiner les reflets de la lune sur le pelage des lapins.

Tous les lundis, mademoiselle Pluche venait avec Moustache le chat qui apprenait aux enfants à parler chat, à bondir comme des tigres ou à faire patte de velours. Tous les jeudis, mademoiselle Pluche venait avec Plume le cygne qui apprenait aux enfants à se faufiler entre les étoiles filantes, à glisser le long des croissants de lune ou à voler de leurs propres ailes.

Mais un beau matin, la porte de la classe s'ouvrit avec un grincement sinistre.

Une femme tout habillée de gris, les cheveux tirés en un chignon, dit d'une voix sombre :

« Bonjour les enfants, je suis votre nouvelle maîtresse, mademoiselle Triste Sire.

– Mais où est mademoiselle Pluche ? s'écrièrent les enfants, et Moustache ? et Plume ?

– Pouaah ! Ne me parlez pas de ces affreuses bestioles, dit mademoiselle Triste Sire. Je les déteste et je suis allergique aux poils et aux plumes. Mademoiselle Pluche, elle, est malade. Allez, au travail ! »

Stupéfaits, les enfants obéirent. Mais le soir, alors qu'ils s'apprêtaient à rentrer tristement chez eux, ils entendirent les voix de mademoiselle Pluche, Moustache et Plume sortant du soupirail menant à la cave de l'école. Aussitôt délivrés, ceux-ci leur racontèrent que **mademoiselle Triste Sire les avait enfermés pour prendre leur place.**

Le lendemain, quand mademoiselle Triste Sire entra dans la classe, Moustache sauta sur elle, Plume tournoya aussi vite qu'il put autour d'elle et les élèves se mirent à rugir comme des lions. Effrayée, mademoiselle Triste Sire prit la poudre d'escampette, toussant, éternuant et crachotant, persuadée d'être poursuivie par de terribles animaux.

« Les enfants, vous êtes de très bons élèves ! »

s'exclama mademoiselle Pluche en riant.

Compétition
dans le ciel

Alors que l'avion prenait de l'altitude, Jérémy regardait par le hublot les lacs se transformer en petites mares d'eau. Ses jambes commençaient déjà à jouer des castagnettes. À chaque fois c'était pareil, il mourait de trouille. Son copain Max, assis à côté de lui, arborait un sourire décontracté.

« Alors poule mouillée, on tremble ? » dit-il, taquin.

Il y avait de quoi : ces deux mordus de l'air allaient sauter en parachute !
« Le premier arrivé en bas après avoir fait le plus de figures sera déclaré vainqueur ! » ajouta Max.
Ils enfilèrent leur casque, ouvrirent la porte de l'avion et se précipitèrent dans le vide. **AAAAAAAAH ! »**

Leur chute libre ne tarda pas à atteindre les 200 km/h ! Jérémy choisit aussitôt la figure du hérisson. Le corps roulé en boule, il prit la tête de la course. Max, lui, fit la planche sur le dos, puis il fit le pitre, debout les bras en S à la façon des Égyptiens, un vrai clown !

Bientôt, Jérémy sentit la vitesse lui tourner la tête. Il freina sa course en faisant l'étoile, bras et jambes écartés, pour résister au vent. Max opéra alors un salto tendu, attendant le bon moment pour sortir son arme secrète : la figure de la météorite ! Tête la première et bras serrés contre son corps, il était sûr de prendre de la vitesse et de remporter la course ! Mais soudain, une énorme montgolfière surgit en plein dans sa trajectoire ! Max rebondit sur la voilure et s'empêtra dans la nacelle, perdant un temps précieux ! Lorsqu'il put se dégager,

il était trop tard !

Jérémy s'était fait une joie de fuser comme une météorite puis avait ouvert son parachute pour se poser en douceur. Contrarié, Max manqua son atterrissage et s'étala dans la mare aux nénuphars.

« La figure de la grenOUille !

s'exclama Jérémy moqueur. Bravo, je n'y aurais jamais pensé ! »

L'école des fées

« **P**ar Merlin, je suis en retard, ronchonne la petite fée Absinthe, et pour le premier jour de la rentrée en plus ! » *Vuuit*, elle s'envole, direction l'école des fées.

« Oh, ils sont déjà tous en classe ! » Absinthe frappe à la porte.

« Entrez ! » crie une voix aigre. Penaude, Absinthe passe la tête.

« Et la ponctualité, Mademoiselle ? Mais qu'est-ce que c'est que cette tenue ridicule ? Filez vous asseoir ! » Étourdie par ces reproches, Absinthe s'installe sous les moqueries de ses camarades. Mais qu'est-ce qu'ils ont tous à rire comme ça ?

Ce sont eux qui ont une drôle d'allure. Elfes et fées ont caché leurs ailes sous de drôles de vêtements et les farfadets ont oublié leur chapeau.

Saperlipopette, la maîtresse n'est pas la fée Zaza ! C'est qui cette nouvelle ? Elle ressemble à une vieille chouette avec ses macarons autour des oreilles !

« Vous avez vos fournitures ? crie la maîtresse. Vos crayons et vos cahiers ? Et vous, Mademoiselle Carnaval ? » Furieuse, la maîtresse s'approche de la table d'Absinthe qui ne comprend rien. « Des crayons, des cahiers ? Pour quoi faire ? » s'interroge Absinthe en versant le contenu de son cartable sur la table.

« Vous moquez-vous de moi ? Quelles sont ces sornettes ? rugit la maîtresse.

– C'est de la poudre de crapaud pour la leçon du prince charmant. »

La maîtresse manque de s'étrangler de rage :

« Et ça ?

– Et bien des ailes de mouche pour la leçon de vol. »

Les autres élèves, eux, pleurent de rire.

« Et cette chose, là ?

– De la salsepareille pour la leçon d'enchantement.

– Et ça ?

– Du nectar de fleurs pour mon goûter. »

287

La maîtresse, écarlate, fait peur à voir :
« Mademoiselle Carnaval, je perds
patience ! Au tableau ! »
Absinthe y court. La maîtresse
prend une craie et écrit :

ÉCOLE DES FÉES

$$5+8=?$$

avant de se tourner vers Absinthe. « Alors, Mademoiselle ? »

« Qu'est-ce que c'est que ce charabia ? » pense Absinthe.

« On ne connaît pas ses tables d'addition ? »

« Mais je suis tombée dans une école de fous ! » se dit Absinthe,
les larmes aux yeux.

« Au coin, jeune paresseuse ! » dit la maîtresse.

Oubliée au fond de la classe, Absinthe risque un
coup d'œil par la fenêtre. Et quelle n'est pas sa
surprise d'apercevoir, de l'autre côté du ciel,
derrière un gros nuage blanc, une grande
enseigne : École des fées !

« Nom d'un lutin, je me suis trompée d'école. »

THÉO   ANH   LUCIE   CHLOÉ   NICOLAS   ERWAN

Les trois défis

Le prince Atal régnait sur un petit royaume

du nord de l'Inde. Un jour, ses sujets vinrent le voir.

« Nos femmes ne font plus de cueillettes dans la jungle car la panthère

noire rode. Débarrasse-nous d'elle ! »

Atal se rendit au-devant de la panthère.

« Magnifique panthère, autorises-tu mon peuple à cueillir les fruits dont il a besoin ?

demanda-t-il.

– Je le ferai si tu parviens à me voir dans la nuit,

répondit la panthère noire. Sinon, **je te dévore !**

– J'aimerais choisir le jour et le lieu du défi, dit Atal.

– Soit ! Reviens lorsque tu es prêt. »

De retour au palais, Atal consulta ses astronomes pour connaître la date de la pleine

lune. Le moment venu, il emmena la panthère dans une clairière. La lune était si

ronde et si lumineuse qu'elle éclairait comme en plein jour.

La panthère ne put se cacher nulle part.

« Tu as gagné, reconnut-elle. Je laisserai

ton peuple en paix. »

Le lendemain, les sujets du prince revinrent le voir.

« Les hommes ne pêchent plus dans le fleuve car le crocodile les terrifie », gémirent-ils.

Le prince se rendit au-devant du crocodile.

« Puissant crocodile, autorises-tu mon peuple à pêcher ici ? demanda-t-il.

– Je le ferai si tu parviens à me reconnaître parmi ces troncs d'arbres qui flottent sur l'eau,

répondit le crocodile. Sinon, je te croque !

– J'aimerais choisir le jour et le lieu du défi, dit Atal.

– Soit ! Reviens lorsque tu es prêt. »

De retour au palais, Atal consulta ses météorologues pour savoir quand arrivaient les fortes pluies de la mousson. Le moment venu, il emmena le crocodile près d'une cascade.

Le fleuve gonflé par la pluie s'y jetait avec violence, entraînant les troncs d'arbres avec lui. Le crocodile préféra rester à terre.

« Tu as gagné, admit-il. Je laisserai ton peuple en paix. »

Le lendemain, Atal reçut à nouveau ses sujets.

« Nous fuyons notre village car le serpent s'y cache », dirent-ils, apeurés.

Atal se rendit au-devant du serpent.

« Habile serpent, autorises-tu mon peuple à regagner son village ? demanda-t-il.

– Je le ferai si tu parviens à me retrouver au milieu des brindilles,

répondit le serpent. Sinon, *je te mords !*

– J'aimerais choisir le jour et le lieu du défi, dit Atal.

– Je suis plus rusé que la panthère et le crocodile, ricana le serpent. Relève ce défi maintenant ! »

Et aussitôt, il disparut sous des brindilles qui traînaient là. Atal saisit alors une torche enflammée et l'approcha du tas de bois. Le serpent en ressortit affolé.

« Tu as gagné, convint-il. Je laisserai ton peuple en paix. »

Et c'est ainsi qu'Atal et son peuple vécurent heureux et tranquilles pendant de nombreuses années.

En route pour l'espace !

Par un beau matin de l'été 2138, un groupe d'animaux embarqua dans une navette spatiale afin d'explorer l'univers. Il y avait à bord une girafe avec un torticolis, un zèbre rêvant d'un monde en noir et blanc, une sauterelle, un zébu, ainsi qu'un kangourou venu en simple curieux parce qu'il n'avait pas les yeux dans sa poche.

Après avoir fait des réserves de nourriture, les cinq compères quittèrent la Terre sans savoir vraiment où ils allaient. Or le hasard fit bien les choses...

La première planète sur laquelle le petit groupe se posa fut la Lune. Pour la sauterelle et le kangourou, c'était l'endroit rêvé. On s'y sentait si léger que chaque pas se transformait en un bond de géant.

Les deux amis s'entendirent pour rester là quelque temps afin de perfectionner leurs sauts, leurs bonds et autres figures de voltige. Lorsque les animaux reprirent place à bord de la navette, ils n'étaient plus que trois.

La capsule spatiale fit encore des millions de kilomètres à la vitesse de la lumière avant de se poser sur une planète où vivait une étrange créature à huit bras qui tricotait jour et nuit. À ses côtés, des dizaines d'individus venus des quatre coins de l'univers attendaient patiemment de passer leur commande. Les uns repartaient avec une paire de gants à douze doigts, les autres avec une chaussette de cou ou bien un protège-antennes à pompon.

La girafe rejoignit aussitôt la file d'attente. Elle attendrait le temps qu'il faudrait mais elle rêvait d'une longue écharpe pour soulager son torticolis. La navette repartit donc sans elle. Bientôt, l'engin s'approcha d'une nouvelle planète. Mais comme il amorçait sa descente, tous les compteurs se mirent subitement à zéro.

Le moteur explosa, la capsule dégringola et se posa en catastrophe. Lorsque la fumée se fut un peu dissipée, le zèbre et le zébu sortirent de la cabine, un peu sonnés, mais indemnes.

« Zoyez les bienvenus sur Zitronic, le royaume de la lettre Z ! »

zézaya un drôle de zigoto venu les accueillir.

Les deux amis se regardèrent en souriant. Autour d'eux, le vent zéphyr soufflait doucement sur la zone tandis que le soleil restait à son zénith. Les routes zigzaguaient entre les parterres de zinnias. Les habitants, de charmants zozos, zézayaient, zozotaient, zinzibulaient…

C'était à devenir délicieusement zinzin !

« Allez zou ! dit le zèbre au zébu. Ici nous serons comme chez nous. »

Et lorsque Zorro en personne vint leur demander où ils pensaient s'établir, ils répondirent… au zoo bien sûr !

Les rêves *de* David

« Où es-tu David ? demande la maîtresse d'une voix douce, car elle s'est bien rendu compte que David a lâché son crayon et n'écrit plus.

– Je suis sur une montagne.

– Que vois-tu ? demande la maîtresse, étonnée d'une telle réponse.

– Je vois des sommets pleins de neige qui brillent au soleil…

– Allons David, tu t'es endormi et tu rêves : il faut te réveiller. Nous sommes à l'école ! »

David a tant d'imagination que, chaque fois, c'est la même histoire : dès que la maîtresse commence à expliquer la leçon de géographie, à décrire les montagnes où broutent les troupeaux en été et les vallées où les hommes fabriquent les fromages, le petit garçon, malgré tous ses efforts, quitte la salle de classe et se retrouve sur un chemin bordé de sapins à la rencontre des vaches. Il grimpe au milieu des pâturages et admire les glaciers qui forment des falaises infranchissables. Il n'arrive jamais à garder son attention sur le cours.

La semaine suivante, toujours pendant la leçon de géographie, la maîtresse explique la naissance des fleuves, comment des minuscules torrents tombent de la montagne en formant de belles cascades, puis se rejoignent à plusieurs pour former une grande rivière, laquelle… David n'écoute plus car le mot magique a été prononcé : une « cascade » et il se retrouve à côté de la cascade…

« Où es-tu David ?

– Je suis sur les eaux de la rivière : viens, maîtresse, je vais te montrer comme c'est amusant de naviguer entre les courants. »

Évidemment, David, une nouvelle fois, se laisse emporter par son imagination. La maîtresse va s'asseoir à côté de lui et, en lui parlant doucement, elle espère l'amener à quitter son bateau imaginaire et à atterrir dans la salle de classe.

Grave erreur…

C'est David qui emmène sa maîtresse sur le canot pneumatique !

Il lui donne des pagaies et un gilet de sauvetage au cas où elle tomberait à l'eau. Et, comme un bon pilote, il fait tournoyer son bateau sur lui-même pour éviter d'être renversé par les flots agités du torrent.

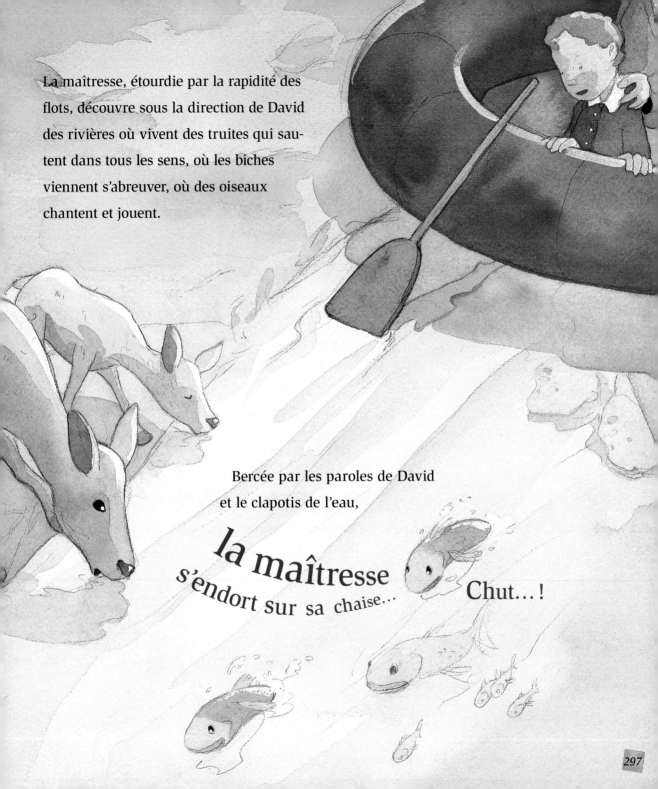

La maîtresse, étourdie par la rapidité des flots, découvre sous la direction de David des rivières où vivent des truites qui sautent dans tous les sens, où les biches viennent s'abreuver, où des oiseaux chantent et jouent.

Bercée par les paroles de David
et le clapotis de l'eau,

la maîtresse s'endort sur sa chaise...

Chut...!

L'attaque *du* serpent de mer

À la proue de leur petit bateau à voile, le regard tendu vers l'horizon, des enfants en école de mer scrutaient les vagues de l'océan.

« Regardez, un banc de poissons volants ! » s'écria l'un d'eux.

Et les enfants levèrent les yeux pour voir passer au-dessus de leur tête les ailes brillantes de dizaines de petits poissons bleus qui disparurent ensuite dans l'océan.

Leur maître, capitaine du navire, leur dit :

« La récréation est finie, les enfants. À notre cours de sciences naturelles ! Courez chercher canne à pêche et épuisette, et allons voir ce qui se cache sous la mer. »

À peine eut-il prononcé ces mots qu'un gigantesque serpent de mer, ondulant et monstrueux, surgit de l'eau. Son long corps était hérissé de piques vénéneuses, sa langue était luisante, ses crocs, effilés comme des sabres.

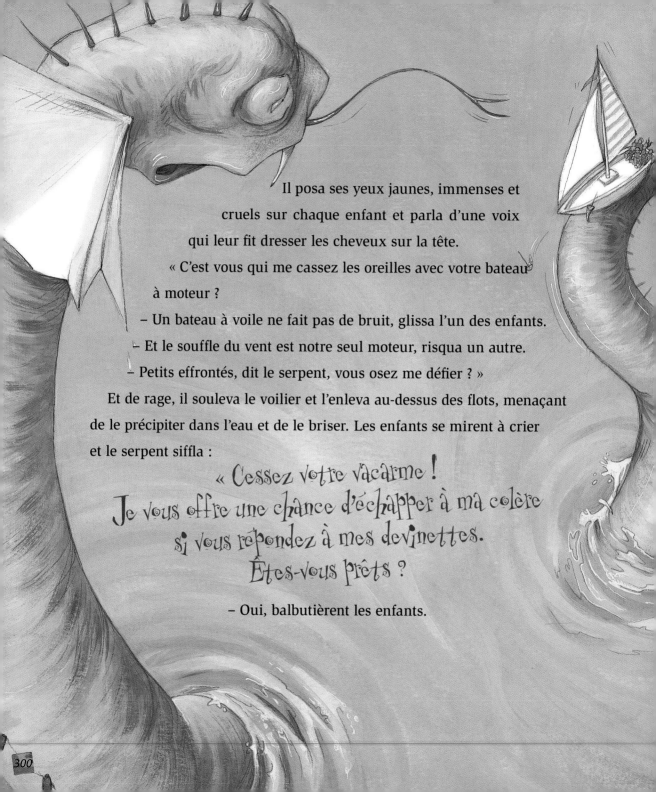

Il posa ses yeux jaunes, immenses et cruels sur chaque enfant et parla d'une voix qui leur fit dresser les cheveux sur la tête.

« C'est vous qui me cassez les oreilles avec votre bateau à moteur ?

– Un bateau à voile ne fait pas de bruit, glissa l'un des enfants.

– Et le souffle du vent est notre seul moteur, risqua un autre.

– Petits effrontés, dit le serpent, vous osez me défier ? »

Et de rage, il souleva le voilier et l'enleva au-dessus des flots, menaçant de le précipiter dans l'eau et de le briser. Les enfants se mirent à crier et le serpent siffla :

« Cessez votre vacarme !
Je vous offre une chance d'échapper à ma colère
si vous répondez à mes devinettes.
Êtes-vous prêts ?

– Oui, balbutièrent les enfants.

– Qu'est-ce qui est lumineux et doré, nage à la surface des vagues, mais est insaisissable ? »

Une petite fille hésita puis s'écria :

« Le soleil ! les rayons du soleil sur l'eau !

– Exact, maugréa le serpent. Voici la seconde devinette, plus difficile. Quel animal se douche dans l'eau, chante et rit à la fois, ne fait de mal à personne malgré ses lames cornées ? »

Les enfants se regardèrent :

« L'éléphant ? l'oiseau ? la hyène ? »

Le serpent éclata de rire : « J'ai gagné ! »

Il s'apprêtait à briser le voilier quand l'un des garçons aperçut au loin un gigantesque animal :

« Au secours, la baleine, aide-nous ! » dit-il.

Ses amis se tournèrent vers lui et crièrent :

« C'est ça, c'est une baleine ! c'est une baleine, la bonne réponse ! »

Le serpent s'arrêta net. Tout son corps frémit de la tête à la queue et, dans un grand sifflement, il plongea et disparut dans les profondeurs de la mer. Et les enfants rentrèrent tranquillement au port, escortés par une grande baleine bleue.

Noctabus, le créateur de rêves

Comme chaque soir, avant de se coucher, Hippolyte appelle Noctabus, le créateur de rêves, en appuyant sur le bouton lumineux de sa table de nuit. Aussitôt, un personnage rond comme une balle se matérialise dans sa chambre, un minuscule ordinateur portable à la main.

« Bonjour Hippolyte, salue-t-il. Quelle est ta commande pour cette nuit ?

– Je voudrais des chevaliers, de la glace et de la guimauve », répond le garçon. Noctabus tapote sur son petit ordinateur. « C'est parfait ! dit-il. Maintenant couche-toi et mets ton casque. Je t'enverrai un rêve fabuleux dès que tu dormiras. Puis, Noctabus disparaît aussi vite qu'il est venu. Hippolyte se précipite vers son lit, enfile son casque à antenne et ferme les yeux.

Bientôt, il dort profondément. Et comme souhaité, il rêve de chevaliers, de glace et de guimauve.

Nous sommes en 2237 et, maintenant, tous les enfants appellent Noctabus avant d'aller dormir. À tel point que le bonhomme est un peu débordé. Parfois, il mélange des rêves entre eux et les chevaliers se retrouvent en tutu tandis que les chevaux font du ski ! La nuit, il n'est pas rare d'entendre les enfants rire dans leur sommeil.

Mais un jour, Noctabus fait une grosse bêtise. En prenant la commande d'un enfant, il tapote l'un des mots de travers.

Et le rêve fabuleux se transforme… en cauchemar !

Certes ce n'est qu'un tout petit cauchemar, mais cela fait si longtemps que les enfants n'en font plus que l'on en parle à la télévision. Noctabus est confus. Aussitôt, il s'achète une paire de lunettes et change d'ordinateur. Il en choisit un où les mots sont dessinés sur les touches : princesse, lapin, gâteau, mousquetaire, fée… Ainsi, il ne peut plus se tromper. Et pour être sûr de ne plus jamais faire de bêtise, il prend bien soin de supprimer les touches des sorcières, des loups ou des ogres. Et aujourd'hui, le mot cauchemar a complètement disparu du dictionnaire !

La Pépite d'or

Voilà trois jours que Barbe Rouge, le cruel pirate des mers, arpente le pont de son bateau en long, en large et en travers. Affublé de son grand chapeau noir et pourvu d'une barbe aussi rouge que le sang qu'il a sur les mains, il s'impatiente : *La Pépite,* le célèbre bateau dont on dit qu'il ne transporte que de l'or, devrait pourtant être bientôt en vue…

Alors, muni de sa longue-vue, Barbe Rouge scrute sans fin l'horizon, à la recherche de sa proie. Soudain, au fond de sa lunette, il voit s'approcher un grand navire entouré d'une étrange lumière jaune. Le pirate pousse un cri d'excitation : non seulement *La Pépite* transporte de l'or, mais le voilier lui aussi est en or !

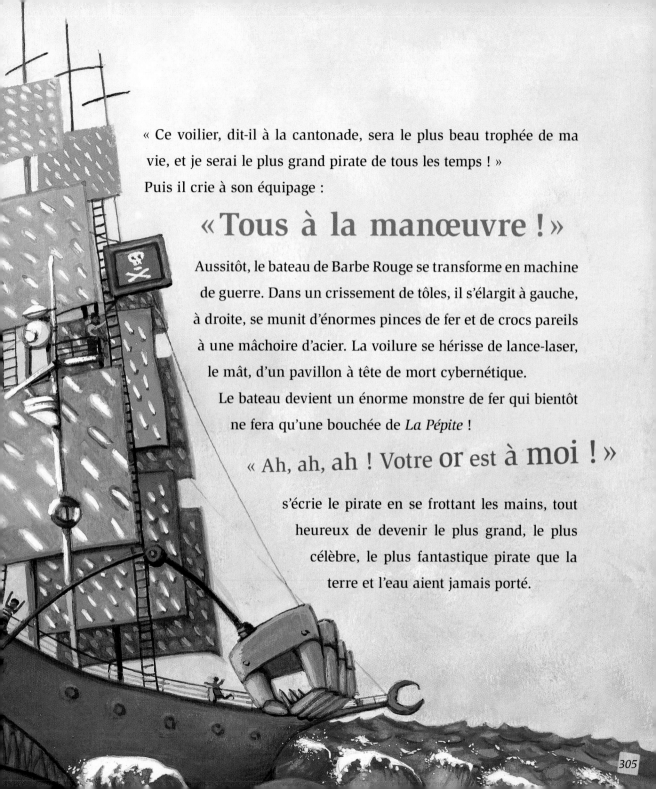

« Ce voilier, dit-il à la cantonade, sera le plus beau trophée de ma vie, et je serai le plus grand pirate de tous les temps ! »

Puis il crie à son équipage :

« Tous à la manœuvre ! »

Aussitôt, le bateau de Barbe Rouge se transforme en machine de guerre. Dans un crissement de tôles, il s'élargit à gauche, à droite, se munit d'énormes pinces de fer et de crocs pareils à une mâchoire d'acier. La voilure se hérisse de lance-laser, le mât, d'un pavillon à tête de mort cybernétique.

Le bateau devient un énorme monstre de fer qui bientôt ne fera qu'une bouchée de *La Pépite* !

« Ah, ah, ah ! Votre or est à moi ! »

s'écrie le pirate en se frottant les mains, tout heureux de devenir le plus grand, le plus célèbre, le plus fantastique pirate que la terre et l'eau aient jamais porté.

Mais tout à coup, le voilier d'or se met lui aussi à trembler de tout son long. La coque crisse, gémit, grogne... Viennent un cric, un crac, puis deux ailes gigantesques se déploient, majestueuses, transformant le voilier en bateau volant ! Avant que Barbe Rouge n'ait le temps de réagir, *La Pépite* est déjà au-dessus de sa tête, battant des ailes.

Le voilier lâche alors une pluie d'or en fusion sur Barbe Rouge !

Terrifié le pirate réussit à passer à travers les premières gouttes et esquive les suivantes. Mais lorsque la pluie se change en cascade, il ne parvient pas à échapper à cette averse dorée. Elle transforme rapidement l'irréductible Barbe Rouge et l'ensemble de son équipage en statues d'or !

Pauvres pirates... Pétrifiés à tout jamais !

Le tableau croqueur de craies

Chaque matin, tous les élèves arrivaient tout contents à l'école. Tous, sauf ceux de la classe de CE1 B, la classe de mademoiselle Mordragon. Ils criaient et pleuraient pour ne pas aller à l'école.

Il faut dire que mademoiselle Mordragon était une maîtresse épouvantable, qui n'aimait pas du tout les enfants. Par on ne sait quel mauvais sortilège – car mademoiselle Mordragon était une sorcière –, elle avait ensorcelé le tableau de la classe.

Depuis, il était devenu extrêmement méchant.

Dans la classe de mademoiselle Mordragon, tout le monde tremblait, même les bons élèves. Ils craignaient d'être interrogés et de devoir aller au tableau.

Car, à la moindre erreur… CROC !

Le tableau découvrait ses dents immenses et croquait la craie. Mieux valait alors être rapide pour retirer sa main. En effet, on racontait qu'un jour, **un élève un peu lent s'était fait croquer le bout du doigt !**

Mademoiselle Mordragon éprouvait un malin plaisir à appeler au tableau les plus mauvais élèves et à leur tendre, pour écrire, un bout de craie minuscule. Le tableau accueillait alors l'élève, un sourire mauvais au bord des lèvres, en espérant se régaler bientôt.

Or, un jour, tandis qu'elle écrivait l'énoncé d'un problème au tableau, mademoiselle Mordragon fit une énorme, une colossale, une monstrueuse faute d'orthographe. Aussitôt, le tableau montra ses dents, furieux de voir que quelqu'un puisse faire une si grosse erreur. Et sans même regarder qui écrivait, il ouvrit une bouche immense, croqua la craie, le doigt, la main, le bras et, finalement, mademoiselle Mordragon **tout entière !**

C'est ainsi que les élèves de CE1 B eurent la paix à tout jamais. Car le tableau fit une telle indigestion, après avoir avalé mademoiselle Mordragon, qu'il se jura de ne plus jamais croquer ni maîtresse, ni bras, ni main, ni doigt… ni même le plus petit BOUT DE CRAIE.

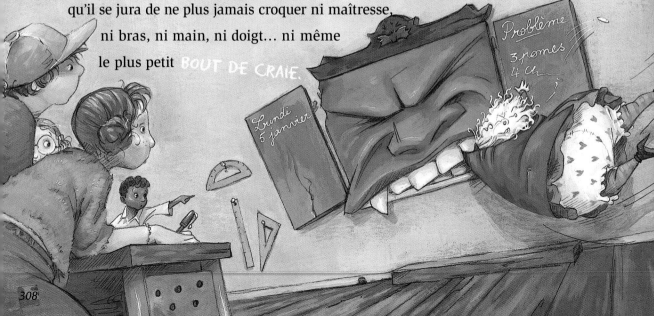

La fée Libellule

Tous les mercredis Viviane se rend avec ses amies au cours de danse. Elle met un joli tutu rose et enfile des petits chaussons assortis. En suivant le rythme de la musique, elle apprend à placer ses bras en couronne au-dessus de sa tête, à tendre ses pointes de pied et à danser en farandole en donnant la main aux autres petites filles.

« Viviane, j'ai remarqué que tu as fait beaucoup de progrès ! lui dit un jour Blandine, son professeur ! Voudrais-tu jouer le rôle de la fée Libellule au spectacle de fin d'année ? »

Viviane est vraiment contente ! Elle imagine déjà son costume : en tulle rose, avec deux ailes aux reflets rose et vert, brillantes comme de la nacre.

De répétition en répétition, Viviane apprend ses pas de danse par cœur. Quand arrive le grand jour, elle enfile un costume féerique. Plus beau encore que dans ses rêves ! Mais tout à coup, Viviane ne se sent pas très bien. Son front est chaud, la tête lui tourne et elle a très soif.

La petite fée ne dit rien et fait comme si tout allait très bien mais, au fond d'elle-même, elle est très inquiète. Est-ce que ses jambes la porteront ? Aura-t-elle assez de forces pour faire ses entrechats ?

Un coup d'œil vers Marianne, sa meilleure amie, puis un autre vers Chloé… Elles ont l'air aussi mal en point qu'elle. Marianne ne peut plus parler et ressemble à un poisson qui manque d'air, Chloé a le fou rire sans raison et ne peut plus s'arrêter. Blandine, leur professeur, s'en aperçoit.

« Le Trac ! toujours ce maudit Trac ! dit-elle. C'est le souffle d'un lutin malicieux qui tourne autour de vous. Répétez après moi la formule magique :

Zou le grand Trac ! Trouc le grand Zou et il disparaîtra !

Les petites filles répètent la formule magique aussi fort qu'elles le peuvent et montent sur scène le cœur battant.

Au milieu des lumières, on ne voit plus que la fée Libellule et ses jeunes amies qui virevoltent sous des tonnerres d'applaudissements…

Un repos bien mérité

Il était une fois un royaume minuscule, mais très riche. Chaque matin en effet, le roi remontait du puits du château un seau rempli de pièces d'or. Ce fabuleux trésor faisait de nombreux envieux, mais il était bien gardé. À l'entrée du château, un énorme dragon décourageait d'un coup de gueule curieux et voleurs.

Avec le temps pourtant, le dragon devint moins vigilant. Cela faisait des années qu'il ne s'était pas reposé et il n'avait qu'une idée en tête : dormir ! Seulement voilà : dès qu'il fermait un coin de paupière, les voleurs se précipitaient pour entrer dans le château. Une fois même, l'un d'eux faillit y parvenir, car l'animal s'était endormi quelques secondes. Heureusement, par le plus grand des hasards, le nez du dragon le picota juste à ce moment-là. La bête éternua si violemment que des flammes sortirent de ses naseaux et brûlèrent le malotru… au derrière !

Voyant le dragon si fatigué, un voleur plus rusé que les autres décida de l'endormir tout à fait. Il prépara une tisane de tilleul dans un immense tonneau qu'il plaça à l'entrée du château. Attiré par la délicieuse odeur, l'animal approcha du tonneau, le renifla et n'en fit qu'une gorgée.

Quelques minutes plus tard, il s'écroulait, vaincu par le sommeil.

Aussitôt, l'homme essaya de pénétrer dans le château, mais un bruit abominable le glaça d'effroi.

RRRRROOOAAA !

Le bruit se répéta de nouveau, plus fort et plus inquiétant.

RRRR... RRRRROOOOOO... RRRRROOOAAA !

Le voleur était rusé, mais il avait oublié un détail : un dragon, ça ronfle énormément ! Et les ronflements de ce dragon-là étaient si forts et si terrifiants qu'ils paralysaient de peur les voleurs et ceux-ci se faisaient aussitôt jeter en prison.

C'est ainsi que le dragon put désormais dormir tranquillement toutes les nuits sans que personne n'ose toucher au célèbre trésor.

Il était bien gardé…

Peur
au
conservatoire

Le conservatoire Triolet était renommé pour ses joyeux cours de musique et ses amusants concours de chant. Mais voilà que depuis plusieurs jours, la peur y sévissait. En effet, à chaque sortie de cours, un mystérieux voleur dérobait un instrument à un élève !

Personne ne savait qui était l'auteur du méfait, et tous craignaient d'être la prochaine victime. La peur grandissait à mesure que les jours passaient, car sans cesse le triste événement se répétait. Nico, Manon et Téo étaient les trois derniers élèves du conservatoire à posséder encore piccolo, violon et saxo.

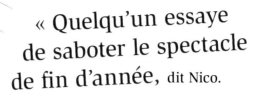

« Quelqu'un essaye
de saboter le spectacle
de fin d'année, dit Nico.

– Il faut à tout prix retrouver le voleur ! ajouta Téo.

– J'ai une idée, s'exclama Manon. Je vais servir d'appât ! Comme tous les jours, je rentrerai chez moi avec mon étui à violon. Cette fois, il sera vide, mais le voleur ne le saura pas ! Vous me suivrez discrètement, et quand il se jettera sur moi pour me prendre mon instrument,

on l'assommera tous en même temps ! »

Les deux garçons acceptèrent l'idée avec enthousiasme et le plan fut mis à exécution. Manon sortit donc du conservatoire avec son étui vide sous le bras. Malgré son courage, plus elle avançait, plus la peur l'envahissait. Le moindre bruit la faisait sursauter et les ombres des passants qui marchaient derrière elle la terrorisaient, car elle savait que dans quelques minutes, une de ces silhouettes noires se jetterait sur elle sans crier gare.

« Et si le voleur s'apercevait de la supercherie ?

s'enquit Nico non loin de là.

– Tu crois qu'il ferait du mal à Manon ? »

s'inquiéta Téo.

À cet instant, un homme masqué se jeta
sur Manon ! Les deux garçons s'élancèrent aussitôt sur le voleur. Profitant de l'effet de surprise,
Manon retira le masque de son agresseur :

« Monsieur Trombone ! s'écria-t-elle.

– Ça alors, le concierge du conservatoire ! » lâcha Téo.
Nico, qui s'apprêtait à l'assommer, laissa retomber l'étui
à violon, stupéfait.

« Ne m'en veuillez pas les enfants, supplia-t-il, mais personne
ne fait jamais attention à moi ! Je suis incapable de jouer d'un
instrument et j'aime tellement la musique ! J'ai toujours
rêvé de faire partie de l'orchestre et je connais le
concert par cœur !

– J'ai une solution, » intervint Manon,
qui avait toujours de bonnes idées.
Et le jour du spectacle, tandis que les
enfants jouaient à cœur joie sur leurs
instruments retrouvés, monsieur Trombone,
vêtu en chef d'orchestre, agitait sa baguette avec
malice sous l'œil des trois enfants complices.

Panique
au
restaurant

Sun Chang était un cuisinier chinois et, comme tous les Chinois, il adorait le riz. Il savait le cuisiner comme personne et son restaurant était très apprécié des connaisseurs et des gourmands. Seulement voilà, depuis que Rimini était apparu dans ses cuisines, les clients boudaient l'établissement.

Rimini était un grain de riz polisson qui était parvenu à échapper au cuisinier. Depuis lors, Rimini ne cessait de lui mener la vie impossible. Il échangeait les épices dans les flacons, remplaçait le sucre par du sel et la sauce de soja par du café. Les recettes de Sun Chang étaient devenues immangeables ! Si le grain de riz continuait ses bêtises, ce serait vite la catastrophe : plus personne ne viendrait manger dans son restaurant !

Sun Chang surveillait la cuisson de son canard aux cinq parfums, quand il aperçut Rimini sur le coin du fourneau :

« Cette fois, tu ne m'échapperas pas ! » s'écria-t-il.

Le cuisinier tenta d'attraper le grain de riz, mais celui-ci, rapide comme l'éclair, sauta sur son épaule. Un deuxième bond le transporta sur l'étagère.

Sun Chang pestait tandis que le vilain Rimini s'amusait : il sautait de marmite en chaudron et de cocotte en casserole, évitant habilement les coups du cuisinier qui transformait sa cuisine en champ de bataille. Alors que Sun Chang était à deux doigts de saisir Rimini, celui-ci plongea tête la première... dans la réserve de riz ! Impossible de reconnaître Rimini au milieu de ces milliers de grains blancs ! Sun Chang s'avoua vaincu : « Tu as gagné Rimini, dis-moi ce que tu veux. »

Le grain de riz s'approcha de Sun Chang avec un air victorieux.

« Je veux devenir ton cuisinier !

s'exclama-t-il, je cuisinerai mes plats préférés : la soupe aux yeux de cafards et la purée de pommes de terre aux queues de souris ! »

Sun Chang hésita un instant.

« Après tout… pourquoi pas ? dit-il avec un air malicieux, mais un cuisinier ne doit pas avoir peur de goûter les plats pour aiguiser son palais !

– Facile ! » répondit Rimini en s'emparant d'une cuillère. Et il sauta sur le bord de la marmite qui mijotait sur le feu. Lorsqu'il se pencha pour goûter le canard aux cinq parfums, Sun Chang souffla sur le grain de riz qui…

S^{P}LICHT ! tomba dans la marmite.

« Hourra ! » s'écria Sun Chang. Il venait de se débarrasser pour de bon de cette canaille de Rimini. Sans plus attendre, il se remit à cuisiner ses délicieuses recettes et les clients revinrent nombreux dans le fameux restaurant de…

Sun Chang le Bienheureux !

Le pirate qui ne dormait jamais

Il y a bien longtemps, un terrible pirate nommé Barracuda écumait les mers du globe. De jour comme de nuit, il coursait les vaisseaux remplis d'or sans jamais se fatiguer. Barracuda avait un secret qui faisait de lui le plus dangereux de tous les pirates : il ne dormait jamais !

Mais son équipage, lui, se fatiguait vite. Les hommes épuisés devaient se cacher pour faire un petit somme. Plus d'une fois, ils avaient ajouté des somnifères dans la coupe de vin de leur redoutable chef. Or aucune dose, même la plus forte, ne lui arrachait le moindre bâillement. Un jour, ils avaient même acheté un perroquet qui chantait des berceuses. Mais tandis qu'ils s'endormaient tous au son de la voix nasillarde, Barracuda ne battait pas le plus petit bout de cil !

Ainsi continuait la vie à bord du bateau pirate. Barracuda ne dormait pas, l'équipage se reposait tant bien que mal et les cales se remplissaient d'or. Bientôt, il devint urgent de trouver un endroit où cacher le butin.

Barracuda repéra donc une petite île de sable fin, perdue au milieu de l'océan. L'endroit lui parut idéal. Comme il approchait, un vent léger se leva, soulevant le sable qui vint virevolter au-dessus du navire. Barracuda reçut un grain de sable dans l'œil, le seul qui lui restait.

Et l'impensable arriva :

POUR LA PREMIÈRE FOIS DE SA VIE, BARRACUDA FERMA SON ŒIL !

Le grain de sable gênait tant le pirate qu'il clignait furieusement de la paupière pour s'en débarrasser Pendant ce temps, le bateau laissé à lui-même continuait sa course vers l'île. Et soudain, il heurta le sable violemment. Sous le choc, le mat vint se briser sur le crâne de Barracuda. Assommé, le pirate vit trente-six chandelles, tituba et… s'effondra dans un profond sommeil !

Certains disent qu'il dort encore, ronflant à gorge déployée sur le pont de son navire rempli d'or.

Personne en effet n'a jamais osé approcher du trésor de peur de réveiller le terrible Barracuda.

La fée Arc-en-ciel

Le royaume de l'Arc-en-ciel nageait dans le bonheur depuis l'arrivée d'une fée incroyable. Zoé ne ressemblait ni à la fée Clochette ni à la fée de Pinocchio. Elle n'avait ni baguette étoilée ni formule magique à prononcer et ne préparait jamais d'élixir fantastique.

En revanche, Zoé pouvait changer d'apparence et rendre service à tous les gens du royaume. Un jour, elle était un cheval et aidait le paysan à labourer son champ, le lendemain, elle brillait au cou de la reine, transformée en collier de diamants. Certains l'avaient vue prendre l'apparence d'un toboggan géant pour amuser les enfants, d'autres avaient juré l'avoir vue, les jours de pluie, prendre la forme d'un parapluie !

Zoé changeait de forme mais jamais de couleur : qu'elle soit bijou, fleur ou ruisseau, elle gardait sa couleur arc-en-ciel, du rouge vif au bleu indigo.

322

Grâce à ses couleurs flamboyantes, Petit Dom la repéra vite au milieu du ciel : elle avait pris la forme d'un cerf-volant et ondulait sous le vent.

Perdu dans la forêt, le petit garçon fut heureux de la voir et la suivit. Zoé guidant ses pas, il fut bientôt chez lui. Petit Dom remerciait le cerf-volant quand il le vit se transformer sous son nez : des ailes lui poussaient de chaque côté tandis qu'un bec et des serres apparaissaient à chaque extrémité ! Zoé était devenue un oiseau et, en un battement d'ailes, avait rejoint l'horizon.

Ce soir-là, Petit Dom ne parvint pas à dormir. Il pensait à la fée et se demandait quelle était sa véritable apparence. C'est alors qu'il vit briller dans la nuit une étoile filante. Il reconnut immédiatement la fée, car la traînée de poussière dessinait un bel arc-en-ciel. Il comprit alors que Zoé était une étoile, la bonne étoile qui veillait sur lui et sur tous les habitants du royaume de l'Arc-en-ciel.

Le petit moine Shaolin

Vêtu d'un kimono orange qui lui donnait fière allure, Li apprenait le kung-fu auprès du vieux maître Chi-Fung. Il était si doué qu'après quelques mois d'entraînement au monastère Shaolin, on l'autorisa à participer au Grand Tournoi. Li sauta de joie ; il était tout excité à l'idée de se mesurer enfin à son principal rival, Shan, le meilleur élève de Chi-Fung. La veille du combat, Li suivit les conseils de son maître et se coucha tôt pour être en forme le lendemain. Shan et ses amis se moquèrent de lui :

« Quelle mauviette ! Demain, je n'en ferai qu'une bouchée ! »

ricana Shan, sûr de lui.

Et tandis que Shan restait à s'amuser avec ses amis, le petit moine Shaolin sombra dans un profond sommeil et rêva qu'il remportait le combat. Le lendemain, il arriva le premier dans le jardin du monastère, reposé et frais comme un gardon.

Shan ne tarda pas à le rejoindre, suivi de ses supporters. Quand le gong résonna, les deux adversaires se saluèrent et le combat commença. Shan enchaîna toutes les figures qu'il connaissait : tantôt il bondissait comme un léopard, tantôt il se faufilait comme un serpent, tantôt il tournoyait dans les airs autour de son adversaire… On aurait dit un dragon ailé prêt à se jeter sur sa proie ! En face de lui, Li parait les coups et faisait du mieux qu'il pouvait, mais Shan avait le dessus. Combien de temps Li allait-il tenir ?

Soudain, Li se rappela une figure technique apparue dans son rêve et, au moment où Shan s'y attendait le moins, il se précipita sur lui comme un tigre affamé et lui lança plusieurs coups de poing au visage et au corps.

« La mante religieuse aux lotus », pensa maître Chi-Fung, qui reconnut les cinq coups de poing semblables aux cinq pétales du lotus.

À la surprise de tous, Shan tomba au sol…

Li venait de gagner le combat !

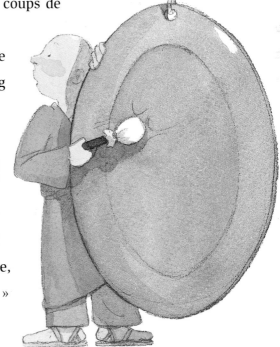

« Tu avais raison, maître Chi-Fung, dit Li en s'inclinant devant son vieux maître, la nuit porte conseil ! Avant toute grande épreuve, il faut savoir se reposer et prendre des forces ! »

À l'école des oreillers

C'est le dernier jour de classe à l'école Plume, la meilleure école d'oreillers de toute la planète. Traversins, coussins et polochons viennent là des quatre coins du monde pour devenir de parfaits oreillers.

Aujourd'hui, madame Courtepointe, la directrice, fait passer l'examen final aux élèves. Le but est simple : chacun doit endormir le professeur avec lequel il passe.

L'oreiller japonais, le pouf algérien et le polochon français sont déjà repartis avec leur diplôme en poche. Seuls le traversin anglais et le petit oreiller rond suédois ne sont pas encore passés.

Le traversin anglais se lance le premier. Mademoiselle Couette, le professeur de musique, est venue l'entendre chanter une berceuse.

« Bonne nuit, cher trésor, chante le traversin. Ferme tes yeux et dors... »

Mademoiselle Couette baille discrètement. Le traversin poursuit doucement :

« ... Laisse ta tête s'envoler au creux de ton oreiller... »

Cette fois-ci, mademoiselle Couette est tout à fait endormie. « Félicitations ! chuchote madame Courtepointe. Tu as réussi ton examen. »

Le petit oreiller rond s'avance à son tour, un peu inquiet. Il passe en mathématiques et le sévère monsieur Duvet est bien décidé à ne pas se laisser endormir aussi facilement que ses collègues. Le petit oreiller commence à compter :

« 1 mouton, 2 moutons, 3 moutons... 11 moutons... 12 moutons...»

Monsieur Duvet serre les dents et tient bon. Les bras croisés, le dos bien droit, il garde les yeux grand ouverts.

« 36 moutons, 37 moutons... »

Monsieur Duvet cligne des yeux bien malgré lui.

« 52 moutons, 53 moutons, 54 moutons...»

Ça y est ! Monsieur Duvet ronfle comme un cor ! Le petit oreiller se tourne fièrement vers madame Courtepointe. Mais la directrice s'est profondément endormie. Et tous les élèves et les professeurs de l'école avec elle.Bercés par le décompte des moutons, ils se sont laissé gagner par le sommeil. Le petit oreiller rond devra attendre que tout le monde se réveille pour savoir s'il est reçu à son examen. Mais c'est certain, il obtiendra la meilleure note !

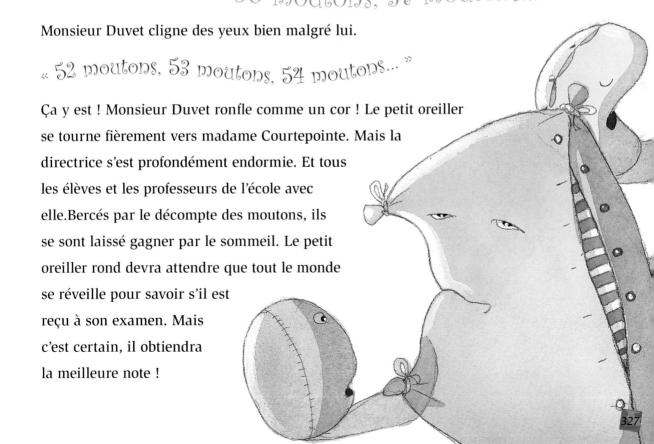

Épaminondas
et le lion

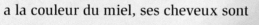

Il était une fois en Iran une belle jeune fille nommée Épaminondas qui vivait dans le village d'Igan, près du lac Bachtegan. Sur les places de marché, les gens murmuraient : « Connais-tu Épaminondas ? » Et la réponse était : « Oh oui, elle est aussi gracieuse qu'une antilope. » Entre amis, on se demandait : « **As-tu entendu parler d'Épaminondas et de sa beauté ?** » Et la réponse était : « Oh oui, sa peau a la couleur du miel, ses cheveux sont sombres et doux comme de la soie, son regard possède l'éclat d'une nuit de pleine lune. »

Tous les hommes du village et des alentours rêvaient de l'épouser.

Cependant, Épaminondas repoussait toutes les propositions de mariage. Et quand ses parents l'interrogeaient sur ces refus, elle répondait fièrement : « J'épouserai quelqu'un qui m'aimera vraiment et qui me dira des poèmes pour me prouver son amour. »

Un jour, la renommée de la beauté de la jeune fille vint aux oreilles d'un jeune homme

qu'un mauvais sort avait transformé en lion !

Dévoré de curiosité, il se rendit au village d'Igan, chez Épaminondas. Quand elle aperçut le lion sur le pas de sa porte, Épaminondas recula, épouvantée, mais le lion, envoûté par la beauté de la jeune fille, fit patte de velours et lui récita un poème d'amour. Inquiète mais surprise, Épaminondas fit entrer le lion qui se mit à lui parler d'une voix tellement douce qu'elle tomba sous le charme de l'impressionnant animal.

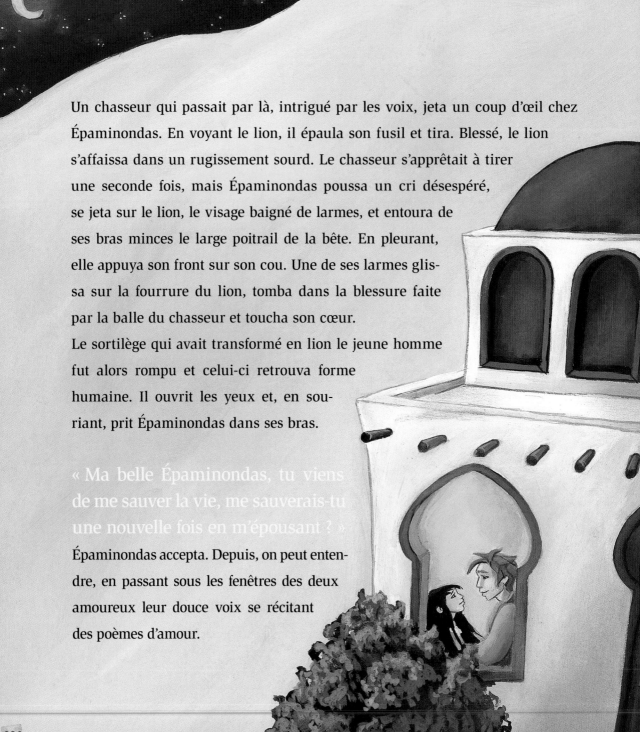

Un chasseur qui passait par là, intrigué par les voix, jeta un coup d'œil chez Épaminondas. En voyant le lion, il épaula son fusil et tira. Blessé, le lion s'affaissa dans un rugissement sourd. Le chasseur s'apprêtait à tirer une seconde fois, mais Épaminondas poussa un cri désespéré, se jeta sur le lion, le visage baigné de larmes, et entoura de ses bras minces le large poitrail de la bête. En pleurant, elle appuya son front sur son cou. Une de ses larmes glissa sur la fourrure du lion, tomba dans la blessure faite par la balle du chasseur et toucha son cœur.

Le sortilège qui avait transformé en lion le jeune homme fut alors rompu et celui-ci retrouva forme humaine. Il ouvrit les yeux et, en souriant, prit Épaminondas dans ses bras.

« Ma belle Épaminondas, tu viens de me sauver la vie, me sauverais-tu une nouvelle fois en m'épousant ? »

Épaminondas accepta. Depuis, on peut entendre, en passant sous les fenêtres des deux amoureux leur douce voix se récitant des poèmes d'amour.

Un pirate
trop gourmand

*I*l était une fois un pâtissier très méchant avec ses apprentis qui, lassé de faire des gâteaux toute la journée et de ne terroriser que ses aides, avait décidé de devenir un redoutable pirate appelé Dur à Cuire.

Personne n'osait le défier tant il était cruel. Vous pouviez demander à n'importe quel marin : « Hé l'ami, connais-tu le pirate que l'on surnomme Dur à Cuire ? » La réponse était toujours la même : le pauvre homme pâlissait, bégayait et prenait ses jambes à son cou en hurlant de frayeur.

Dur à Cuire ne faisait jamais de quartier ! Aucune chance, si un navire avait le malheur de croiser sa route, qu'il laisse des survivants.

« Je découpe mes ennemis en rondelles
et j'en fais de la chantilly ! »

tonnait-il devant ses marins qui n'en menaient pas large devant leur chef.

En effet, si l'un d'eux s'avisait de protester ou même d'éternuer pendant qu'il parlait, Dur à Cuire leur faisait couper la langue pour leur effronterie, les passait au fil de l'épée ou, d'un grand coup de pied au derrière, les précipitait dans une eau infestée de requins presque aussi cruels que lui.

Un jour, le pirate et ses coquins de marins prirent d'assaut un vaisseau marchand. En descendant dans la cale du navire, les hommes découvrirent avec une stupeur émerveillée qu'elle regorgeait d'extraordinaires desserts tous plus appétissants les uns que les autres.

Il y avait là des charlottes aux framboises, des soufflés au chocolat, des gâteaux de réglisse, des parfaits au café, des éclairs pralinés, des flans au caramel, des tartes aux abricots, des tartes Tatin, des clafoutis aux cerises et des dizaines de babas au rhum !

En voyant tous ces somptueux desserts, Dur à Cuire se rappela avec émotion son passé de pâtissier et combien il aimait les gâteaux. Il ordonna à ses hommes de déguerpir et s'enferma à double tour dans la cale.

Il se jeta avec une gourmandise vorace sur tous ces incroyables desserts et avala éclairs, miam, flans, groumpf, tartes, slurp, et autres gâteaux en un clin d'œil !

Une fois repu de toutes ces succulentes douceurs, et ivre de tous les babas au rhum qu'il avait engloutis, Dur à Cuire remonta en titubant sur le pont du bateau. Il agrippa une corde et s'élança vers son navire en hurlant par habitude :

« à l'abordaaaaaaaaaaaaage ! »

Mais, sous le poids du pirate trop gourmand, la corde se brisa, et **plouf !**
Ce fut alors au tour des requins de se régaler...
d'un pirate bien sucré !

L'école buissonnière

Ce matin-là, comme tous les matins, Noé et Théo sortent de chez eux en courant et se retrouvent sur le chemin de l'école. Soudain, Théo s'arrête net et se frappe le front de la main :

« Nom d'un vieux camembert, j'crois bien qu'il y a dictée ce matin !

– Quoi ? s'écrit Noé, j'avais complètement oublié… Et je n'ai pas appris mon vocabulaire !

– Moi non plus, répond Théo. Qu'est-ce qu'on va faire ? »

Les deux amis ont ralenti le pas. Au bout d'un long silence, Noé se lance :

« Si on disait qu'on était malades ?

– On fait quoi, alors, dit Théo, on va à la pêche ?

– Oh oui, bonne idée, répond Noé. En plus, il fait beau, on pourra faire un pique-nique au bord de la rivière…

– … et on pêchera des poissons ÉNOOORMES ! » mime Théo, en écartant les bras.

Aussitôt dit, aussitôt fait, les deux copains bifurquent sur la gauche, quelques rues avant d'arriver à l'école. Ils repassent discrètement chez Théo prendre deux cannes à pêche, des appâts pour les poissons, des sandwiches pour eux et ils filent à la rivière.

Assis sur un ponton, Noé et Théo, un peu déconfits, regardent le bouchon de leur canne à pêche. « Une heure que nous sommes là et y a pas un poisson qui mord » grogne Noé.

Soudain, le bouchon de Théo s'enfonce.

« Un poisson ! un poisson ! » crient les garçons en chœur. C'est un gros, Théo tire, tire et **PLOUUUF!** La tête la première, Théo tombe dans l'eau. Il ressort, ruisselant, plein de vase et au bord des larmes. « Rentrons, dit Noé, tu pourras te changer. »

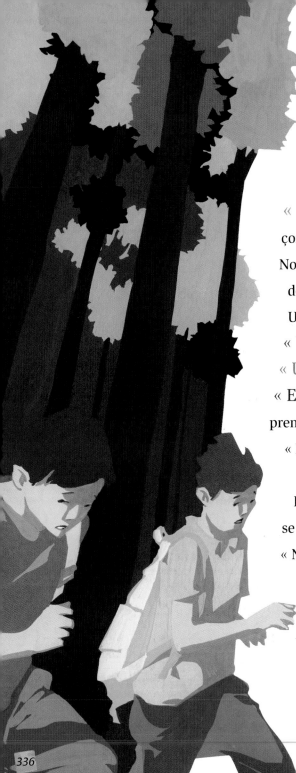

Les deux amis marchent en silence. Le ciel se couvre de nuages noirs. L'air se rafraîchit et le vent souffle. Un grondement de tonnerre retentit.

« Sauve qui peut ! » crie Théo. Les garçons se mettent à courir, mais la pluie les rattrape. Noé est bientôt aussi trempé que Théo et tous les deux sont glacés jusqu'aux os.

Un grognement les fige sur place.

« Un loup ? » crie Noé.

« Un ours ? » hurle Théo.

« Et si c'était un lion ? » pensent Théo et Noé qui prennent leurs jambes à leur cou.

« Nous avons semé le lion ? » s'égosille Noé.

Et soudain, Théo s'arrête au milieu du chemin et se frappe le front de la main :

« Nom d'une vieille chaussette, il n'y avait pas dictée aujourd'hui !

– Ah bon ! s'exclame Noé, qui stoppe aussi. Ben il y avait quoi alors ?

– Nom d'un vieux boulon, c'était la sortie de classe au zoo ! »

Échange petite souris contre dents

Chat Teigne, Chat Pito et Chat Touille, les trois compères de l'agence Matous associés, détectives privés, étaient sur une affaire de la plus haute importance : la petite souris avait disparu !

Il leur fallait absolument la retrouver. Non pas pour la croquer – car la petite souris était l'amie des chats – mais pour qu'elle revienne chercher toutes les dents de lait que les chatons cachaient sous leur oreiller.

Chat Lumeau était le dernier à avoir vu la petite souris. Elle avait déposé une balle à grelots sous l'oreiller de son fils. Depuis, elle n'était plus réapparue, ni chez Chat Riau ni chez Chat Lutier, dont les enfants avaient pourtant perdu des dents.

Chat Teigne, Chat Pito et Chat Touille n'avaient aucune piste et la petite souris demeurait introuvable.

Un beau matin, Chat Pito découvrit un message anonyme dans la boîte aux lettres de l'agence :

« Je retiens la petite souris prisonnière.
Je la délivrerai si vous déposez un sac de dents
près du réverbère de la rue de la Gouttière. »

Chat Teigne, Chat Pito et Chat Touille se rendirent aussitôt chez la petite souris et y prirent un sac rempli de dents. Puis, conformément au message, ils le déposèrent au pied du réverbère de la rue de la Gouttière.

Le lendemain matin, quelqu'un sonna à la porte de l'agence. Lorsque Chat Touille alla ouvrir, il tomba nez à nez avec… la petite souris ! Elle était accompagnée d'un vieux chat.

« Voici Chat Grin, mon ravisseur, dit la petite souris en riant. Il est si vieux qu'il n'avait plus une seule dent. Grâce au sac que vous avez déposé rue de la Gouttière, Chat Grin a retrouvé le sourire. »

À ces mots, Chat Grin se mit à sourire. Chat Teigne, Chat Pito et Chat Touille n'en crurent pas leurs yeux. Le vieux chat arborait fièrement un sourire tout neuf,

un sourire plein de dents de lait minuscules et blanches !

Magie à l'aveuglette

Il était une fois une drôle de fée qui se prénommait Félicie. Chaque matin, munie de sa baguette, elle se mettait en quête de ceux qui avaient besoin de sa magie. Hélas ! Félicie était aussi myope qu'une taupe ! Et ses tours de magie étaient souvent loufoques…

C'est ainsi qu'en traversant la forêt, elle trébucha sur les racines d'un chêne et crut qu'elle avait marché sur les pieds d'un promeneur.

« Pardon Monsieur, lui dit-elle. J'espère que je ne vous ai pas fait mal. »

Évidemment, l'arbre ne répondit pas ! Alors Félicie le crut muet et décida de lui redonner la parole !

Elle agita sa baguette.

Et l'arbre se mit à parler, puis à raconter des histoires, puis à chanter sans jamais s'arrêter, ni le jour ni la nuit.

Quelque temps plus tard, elle passa près d'un bûcheron qui se désaltérait au bord d'une rivière et elle le prit pour un dindon… sans tête. Et hop ! En un coup de baguette magique elle l'affubla d'une tête de volatile. Apercevant son reflet dans la rivière, le bûcheron prit peur ! « Qu'est-ce qui m'arrive ? » se demanda-t-il affolé. Mais la fée était déjà loin, convaincue une fois de plus d'avoir bien agi.

Les animaux et les villageois décidèrent alors de l'aider à y voir plus clair…

Pendant que Félicie faisait la sieste, sans faire de bruit, ils posèrent sur son nez une paire de lunettes. Et lorsqu'elle se réveilla, elle vit devant elle l'homme avec une tête de dindon.

« Que celui qui a fait ça soit changé en grenou…! »

À peine avait-elle prononcé ces mots qu'elle se mit à coasser. « Coa, coa… C'était donc moi ! » s'exclama-t-elle, désolée.

Heureusement, elle n'avait pas fini la formule magique et elle ne devint pas une grenouille. Quand elle retrouva tous ses pouvoirs de fée, elle redonna au pauvre homme sa vraie tête. Et Félicie promit de garder ses lunettes pour ne plus jamais faire de magie à l'aveuglette !

Oran contre
le dragon titanique

Il était une fois le paisible royaume d'Ananké, niché au cœur de la verdoyante planète Himalia, dans la constellation du Chat céleste. Chaque matin, un soleil vert en forme de croissant se levait sur Ananké, relayé la nuit par deux lunes rousses et ovales. La pluie tombait en abondance, les terres étaient fertiles et le souverain était un homme bon.

« Il fait bon vivre sur Himalia » pensaient les Himaliens. Mais un jour, une météorite s'écrasa dans la vallée. Inquiets, les Himaliens se précipitèrent sur les remparts pour observer cet étrange phénomène. Soudain la roche se brisa en deux.

341

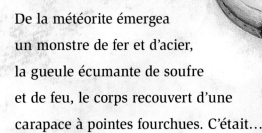

De la météorite émergea
un monstre de fer et d'acier,
la gueule écumante de soufre
et de feu, le corps recouvert d'une
carapace à pointes fourchues. C'était…

« UN DRAGON TITANIQUE ! »

hurlèrent en chœur les Himaliens.

La bête se mit en marche vers le royaume. Elle crachait des flammes gigantesques autour d'elle, brûlant tout sur des centaines de mètres, soufflait sur
les nuages qui noircissaient, sur les rivières qui s'asséchaient.

Épouvantés, les habitants fuyaient le royaume tandis que le roi lançait ses
chevaliers à l'assaut du dragon. Tous revinrent brûlés, blessés, assoiffés,
n'ayant même pas réussi à percer la carapace d'acier du monstre. Le désespoir s'abattit sur le royaume dévasté.

Les jours passaient, les chevaliers étaient impuissants…

Un jour, le fils du roi, le prince Oran eut une idée.

« Nos armes ne peuvent rien contre ce monstre, utilisons alors ce qu'il semble craindre.

– Mais que craint-il ? lui demanda le roi.

– L'eau, répondit Oran, il brûle nuages et rivières, car l'eau est son ennemi. »

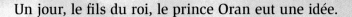

Alors, chacun donna à Oran le peu d'eau qui lui restait. Le fond d'une bouteille ou d'un seau, la flaque d'une rivière asséchée, les gouttes d'une rare rosée. Muni de son précieux liquide, Oran se glissa dans la retraite du monstre endormi. La chaleur était suffocante. Il grimpa sur son cou. Avec prudence, il arrosa le dragon. Le dragon sursauta, poussa un couinement lamentable, essaya de faire quelques pas en grinçant et s'écroula raide mort, ses rouages complètement rouillés.

Le jeune prince revint au royaume où les habitants l'accueillirent en héros. Bientôt les nuages firent leur réapparition et la pluie recommença à tomber. Les rivières se remplirent, les plantes et les fleurs repoussèrent, à la plus grande joie des habitants.

Il faisait à nouveau bon vivre sur Himalia.

Le bandit
Sans Cœur

*I*l était une fois un bandit qui faisait trembler tout le pays. Il était cruel, il n'avait pitié ni de la veuve ni de l'orphelin. D'où son surnom, terrible, de bandit Sans Cœur !

Dès qu'un tronc d'arbre barrait une route, dès qu'un carrosse était dévalisé, dès qu'on entendait crier « La bourse ou la vie ! », vous pouviez être sûr que c'était lui, le bandit Sans Cœur !

Un jour, le bandit Sans Cœur se perdit dans une forêt épaisse. Il grimpa dans un arbre pour essayer de se repérer. C'est alors qu'il vit un paysan qui passait par là : « Où sommes-nous, manant ?

– Au royaume de Tout-Va-Bien,

répondit celui-ci.

– Le royaume de Tout-Va-Bien ? Ah ! Ah ! Ah ! Plus pour longtemps ! »

Tout à coup, l'arbre sur
lequel il était perché se mit à trembler.
Un bruit étrange retentit dans la forêt. « Hic, Hic, Hic... »

« Mais qu'est-ce qui se paaaasse ? » demanda le bandit Sans Cœur
en s'agrippant aux branches.
Le paysan expliqua : « Au royaume de Tout-Va-Bien, il y a
un palais où vit une belle princesse, la princesse Philippine.
Elle a de beaux cheveux, de beaux yeux, un beau sourire… mais dès que la princesse
entrouvre les lèvres, "Hic ! Hic ! Hiiiic !" Eh oui, depuis toute petite, la princesse a
un terrible hoquet qui secoue tout le royaume et les arbres de la forêt quand elle
se promène. »

Soudain, le bandit, à califourchon sur une branche, cria : « **Les mains en l'air !**

– Ahhhh ! » sursauta la princesse.

Puis rien. Absolument rien. Aucun bruit ne sortit de sa gorge. Pas le
moindre hoquet.

Le bandit Sans Cœur sentit son cœur battre, et vlaaam tomba à la
renverse aux pieds de Philippine. Jamais il n'avait vu d'aussi jolie
princesse. Et elle, jamais un aussi beau bandit.

À cet instant, le brigand retrouva son cœur et la princesse sa
jolie voix.

Depuis, tout va très, très, très bien,
au royaume de Tout-Va-Bien.

L'école du futur

Emportés par leur cartable à réaction, les élèves sont pressés d'arriver à l'école. Comme tous les mardis matins, les cours commencent par une heure de lecture, leur matière préférée. **En cette année 2345,** il suffit d'ouvrir un livre électronique pour que les personnages de l'histoire se matérialisent et s'animent.

Ce matin, la maîtresse raconte les aventures d'un petit cordonnier qui fabrique des chaussures extraordinaires. Les enfants fascinés regardent les personnages défiler dans la classe comme s'ils étaient au théâtre. Malheureusement, une fois encore, la sonnerie de la récréation retentit trop tôt.

Il faudra attendre le mardi suivant pour connaître la fin de l'histoire. La maîtresse repose le livre et le débranche. Aussitôt, tous les personnages regagnent l'histoire et disparaissent. Tous, sauf un ! Profitant de l'agitation générale, le petit cordonnier s'est échappé.

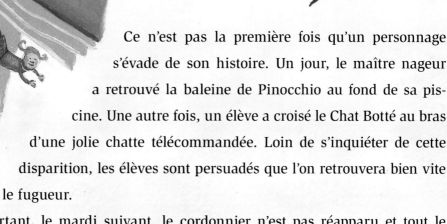

Ce n'est pas la première fois qu'un personnage s'évade de son histoire. Un jour, le maître nageur a retrouvé la baleine de Pinocchio au fond de sa piscine. Une autre fois, un élève a croisé le Chat Botté au bras d'une jolie chatte télécommandée. Loin de s'inquiéter de cette disparition, les élèves sont persuadés que l'on retrouvera bien vite le fugueur.

Pourtant, le mardi suivant, le cordonnier n'est pas réapparu et tout le monde est déçu de ne pas connaître la fin de l'histoire…

Un petit groupe d'élèves décide alors de mener une enquête.

Et, deux mois plus tard, ils finissent par découvrir le mystérieux secret ! En effet, chaque semaine, la maîtresse arrive avec une nouvelle paire de chaussures tout à fait ravissantes. Et un jour, les enfants la croisent au bras d'un jeune homme qui ressemble à s'y méprendre au petit cordonnier !

Mais ils ne diront rien à personne !

Gymnastique galactique

Nous sommes en l'an 5050. Huit heures et demie viennent de sonner dans la cour de récré de l'école Spoutnik à Cosmoville. Les élèves, chaussés de leurs baskets-fusées, arrivent en courant. Leur cartable à pattes galope derrière eux.

Aujourd'hui, c'est sport ! Anton adore le sport. Tous les sports. Il a des posters partout dans sa chambre des derniers J.O. de l'univers. Et des autocollants avec ses sportifs préférés, surtout Titi-Galaxie, le super lanceur de météo-rites, et l'incroyable tireur de buts, Nico Smos, dont le ballon-planète a fait trois fois le tour du système solaire !

« Dépêchez-vous d'enfiler votre tenue ! » s'écrie le professeur.

Vite, Anton met son survêtement argenté, Marion en enfile un couleur firmament, et bientôt, toute la classe est prête !

« Petit échauffement, s'écrie le professeur, le tour de la Voie lactée ! On se retrouve sur Saturne !

3, 2, 1... Tuuut ! C'est parti ! »

Marion et Anton partent comme des bolides, mais n'arrivent pas à dépasser les étoiles filantes. « Pfiouu, dit Anton déçu, un jour, je serai plus rapide que les étoiles filantes ! »

La course terminée, toute la classe gravite autour de Saturne. « Laissez-vous flotter en rang deux par deux ! dit le professeur. **Ensuite, hockey sur l'anneau de Saturne !** »
Les élèves s'élancent sur l'anneau avec leurs patins-à-très-grande-vitesse. Le match est serré quand...
« **But !** hurle Marion en tapant dans une pierre de lune.
– Tuuut ! L'équipe de Marion a gagné. C'est l'heure maintenant de retourner à l'école ! »

Le soir, dans son lit-soucoupe suspendu au plafond, Anton décrit sa journée à son papa. Puis, le jeune sportif lui demande de raconter une histoire d'autrefois.
« Il y a longtemps, des milliers d'années, des humains jouaient sur une pelouse verte et tapaient dans un ballon en cuir...
– C'était la Préhistoire, papa...? »

La princesse des tomates

Agathe était une charmante petite princesse qui raffolait des tomates. Confites, en boîte, farcies, en sauce ou en salade, elle les aimait sous toutes les formes. D'un bout à l'autre du royaume, tout le monde connaissait la passion d'Agathe pour les tomates. Aussi, lorsque le roi organisa une grande fête pour l'anniversaire de sa fille, des dizaines de princes affluèrent vers le palais, des tomates plein leurs bagages. Pour faire plaisir à son père qui espérait la marier, Agathe les reçut un à un.

L'un d'entre eux lui apporta un panier de tomates d'une variété inconnue. Un autre jongla avec des tomates. Un troisième sculpta son visage dans une tomate géante. On vit ainsi toutes sortes de choses les plus folles : machine à cirer les tomates, manteau en peau de tomates, peinture à la tomate...

Au milieu de ce défilé, Agathe s'ennuyait.

Tous ces princes qui cherchaient à lui plaire en lui parlant tomate, en chantant tomate ou en peignant tomate, l'agaçaient. Certes, Agathe aimait les tomates, mais sa vie ne se résumait pas à cela. À la fin de la journée, un prince s'approcha timidement.

Il ne portait rien, ne semblait s'être déguisé en rien. Intriguée, Agathe l'écouta.

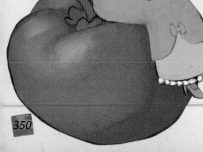

«Chère Agathe, je vous aime ! déclara-t-il simplement. Malheureusement, il y a peu de chances pour que vous m'aimiez aussi.

– Pourquoi ne pourrais-je pas vous aimer ? demanda Agathe, émue par ce prince si différent des autres.

– C'est que... hésita-t-il. **Je n'aime pas du tout les tomates »**, lança-t-il dans un souffle.

Agathe éclata de rire, soulagée. Le prince tout confus se mit à rougir, **rougir, rougir...** au point de devenir rouge comme une tomate !
Agathe le trouva si charmant qu'elle tomba immédiatement amoureuse. Avec lui, elle en était sûre, elle allait découvrir mille choses fabuleuses. Et lorsqu'on lui servirait d'autres légumes que des tomates, il lui suffirait de regarder son prince rougir pour retrouver aussitôt le sourire.

Petite sieste *au* bureau

Monsieur Kapok était testeur dans une usine qui fabriquait des lits. Toute la journée, il essayait les lits qui sortaient des ateliers. Les grands, les petits, les durs, les mous…

Monsieur Kapok les vérifiait tous !

Lorsqu'un nouveau lit venait d'être fabriqué, Monsieur Kapok commençait par s'asseoir dessus pour tester les ressorts. Puis, il s'allongeait sur le matelas, fermait les yeux et restait là quelques minutes pour voir s'il était confortablement installé. Lorsque le lit lui paraissait convenir, il collait dessus une gommette verte. Quand, au contraire, il lui trouvait un défaut, il mettait une gommette rouge et le lit repartait à l'atelier afin d'y être réparé.

À l'usine, tout le monde parlait de l'excellent travail de monsieur Kapok. Un jour pourtant, tandis qu'il testait son 1031e lit de la journée, il s'endormit tout à fait. En vingt ans de carrière, c'était bien la première fois que cela lui arrivait. Mais ce jour-là, monsieur Kapok était très fatigué : il n'avait pas dormi la nuit précédente... à cause d'un affreux mal de tête !

Malheureusement pour lui, le directeur faisait justement visiter son usine à un grand groupe de personnes venues tout spécialement pour la journée. Les visiteurs arrivèrent à l'endroit où travaillait monsieur Kapok et le trouvèrent complètement endormi dans un petit lit d'enfant, ronflant bruyamment. Furieux, le directeur se promit de le mettre dehors dès le lendemain, lorsqu'un petit garçon aperçut monsieur Kapok :

« Je veux ce lit-là, dit-il à son papa.

Le monsieur a l'air de le trouver si douillet... »

Sitôt dit, sitôt fait, on réveilla monsieur Kapok, on emballa le petit lit, et le papa et son fiston repartirent avec.

Pendant ce temps, monsieur Kapok essayait de nouveaux lits. Allongé sur un lit blanc à baldaquins, il s'endormit de nouveau. Une jeune femme s'exclama aussitôt :

« Je veux le grand lit blanc qui est là-bas, dit-elle à son mari.

Le monsieur a l'air de le trouver

Sitôt dit, sitôt fait, on réveilla monsieur Kapok, on emballa le beau lit blanc et le jeune couple repartit avec.

Un peu plus loin, ce fut une grand-mère qui voulut le lit en chêne sur lequel monsieur Kapok dormait de nouveau…

Et il en fut ainsi toute la journée ! Dès que monsieur Kapok piquait un petit roupillon, le lit sur lequel il dormait était immédiatement vendu.

À la fin de la journée, monsieur Kapok était tout à fait reposé et l'usine avait vendu presque tous ses lits.

De mémoire de directeur, on n'avait jamais vu cela !

Richard *la* Fronde

ichard venait d'avoir quinze ans. Son père, le baron de Bricabroc, l'équipa d'un cheval, d'une armure, lui donna un valet, puis l'envoya au service du roi afin qu'il devienne à son tour un noble chevalier.

Or, une fois arrivé au palais royal, Richard fut très déçu ! Il avait imaginé qu'il combattrait avec des chevaliers, et voilà que le roi lui demandait de faire la police sur les routes de son royaume, lui, le fils du glorieux baron de Bricabroc !

Sa mission était de se débarrasser des brigands qui attaquaient les pèlerins le long des routes et ravageaient les fermes de la région.

Richard obéit, déçu : il abandonna armure, heaume et lance, trop encombrants pour courir après les voleurs.

Enfant, Richard avait appris à se servir d'une fronde et à fabriquer des pièges. Alors, avec l'aide de son valet, il ramassa des pierres, grimpa sur un arbre et guetta les bandits qui se croyaient maîtres du pays. Richard les attaqua avec sa fronde et réussit à les emprisonner. Une autre fois, armé d'une hache, il coupa le pont de bois qui s'effondra lorsque les voleurs passèrent dessus…

Ses exploits arrivèrent aux oreilles du roi qui convoqua Richard et lui dit :

« Tu seras fait chevalier à l'occasion du prochain tournoi à condition, bien sûr, que tu l'emportes sur ton adversaire. »

Richard était fier, mais tremblait de peur : comment tenir en équilibre avec ce casque qui l'aveuglait, la cuirasse qui l'asphyxiait et la lance qui le déséquilibrait !

Mais le jeune homme s'entraîna sans cesse, vaillamment. Et le grand jour arriva. Un mystérieux chevalier dans une armure étincelante faisait face à Richard.

Les cavaliers foncèrent au galop l'un face à l'autre. Richard jeta sa lance de toutes ses forces et réussit à faire tomber son adversaire qui chuta dans une grande flaque de boue épaisse, si bien qu'il ne put se relever.

Richard descendit de son cheval et lui tendit la main pour l'aider à se relever.

« Tu as fait preuve de toutes les qualités que j'attendais de toi ! » dit le chevalier.

Et, touchant de son épée l'épaule de Richard, il ajouta d'une voix forte :

« Tu es digne d'être chevalier de mon royaume ! »

L'adversaire de Richard ôta alors son casque : c'était le roi en personne !

Problème sur le stade

« Euh… il y a un gros problème ! », dit Petit Paulo.

Tout le monde avait tourné la tête vers lui. Son maillot jaune était impeccable, comme tous les dimanches, et pour cause : le jour du football, c'est sacré ! Sa maman repassait toujours parfaitement sa tenue. D'habitude, il faisait le fier en bombant le torse, mais cette fois-là, à un quart d'heure du début du match, il tirait une tête d'enterrement.

« Un gros **gros** problème », a-t-il répété.

Son ton était devenu alarmant. Alors qu'on achevait notre échauffement, on s'est tous rassemblés autour de Petit Paulo. En tant que capitaine de l'équipe, j'ai demandé :

« Qu'est-ce qui se passe Petit Paulo ? »

Il a pointé son doigt vers l'équipe adverse, à l'autre bout du stade. Puis il a lâché le morceau…

« Ils sont super grands en face !
Ils ont des jambes immenses, c'est sûr,
ils vont courir plus vite que nous !
On ne pourra jamais gagner ! »

Petit Paulo était le plus petit d'entre nous, comme l'indiquait son surnom. Et, à l'exception de deux joueurs, nous n'avions qu'un ou deux centimètres de plus que lui. C'est dire combien il était difficile d'impressionner nos adversaires, même quand les parents nous soutenaient dans les tribunes !

Après la réflexion de Petit Paulo, la panique a gagné tous les joueurs. J'ai pris alors une initiative. Mon devoir de capitaine, j'y tenais.

« Écoutez tous ! Un jour, un ami m'a appris une chanson. Elle permet à ceux qui la chantent d'être plus forts et plus braves. Ça marche, mais il faut que tout le monde s'y mette ! »

L'entraîneur m'a regardé d'un air complice. Il avait compris que je venais de tout inventer. On s'est mis en cercle et on a posé nos mains les unes sur les autres, puis j'ai procédé aux incantations :

« OUAGADOU CHIBA COUROUCOU !
OUAGADOU CHUBA KIRIKI ! »

On a tous repris l'hymne en chœur, de plus en plus fort. C'est à ce moment-là, juste à cet instant précis, qu'une violente pluie s'est abattue sur le stade. L'entraîneur a froncé les sourcils et dit : « On avait un problème ? En voilà un deuxième : le terrain va être impraticable.

Le match est reporté ! »

Hé, je ne suis que capitaine moi, je ne fais pas la pluie et le beau temps !

Coup
de lune

Il était une fois
une petite sorcière des bois
qui pleurait à chaudes larmes
chaque fois qu'il était l'heure d'aller au lit.
« Bouuuh, tout le monde va encore faire de beaux
rêves, sauf moi ! se lamentait Gayette. Je n'en peux plus
de ces nuits passées sans dormir… »

Pauvre Gayette !
Mais que lui était-il donc arrivé ?

Une nuit de pleine lune, elle s'était assoupie sous un bouleau.

Or, tout le monde le sait, une sorcière ne doit jamais s'assoupir une nuit de pleine lune sous un bouleau ! Résultat, Gayette avait pris un coup de lune et, depuis, elle ne pouvait plus dormir.

Lorsque la nuit venait, elle restait là, étendue, les yeux brillants et grands ouverts, à regarder le ciel plongé dans l'obscurité.

Une nuit, alors que tout le monde dormait, elle vit au loin un jeune homme se promener dans le bois, en sifflotant.

« Qui est donc cet hurluberlu ? » se demanda-t-elle.

Intriguée, Gayette se mit à le suivre en se dissimulant derrière les arbres.

Soudain, le promeneur s'allongea au pied d'un arbre et s'endormit.

« Quel drôle de bonhomme ! » pensa Gayette.

Au bout de quelques minutes, le jeune homme se releva et reprit sa marche.

« Nom d'un crapouillot, que fait-il ? » se demanda Gayette, de plus en plus étonnée. Le jeune homme s'était de nouveau assoupi au bord d'un ruisseau avant de repartir comme si de rien n'était.

Lorsqu'il s'endormit une troisième fois au milieu d'un petit talus, Gayette s'approcha de lui et, profitant des rayons de la lune, se pencha sur son visage pour l'observer.

« Qu'il est beau !

s'écria-t-elle.

– Qui es-tu ? » demanda le jeune homme tiré de son sommeil.

Intimidée, la petite sorcière balbutia :

« Je suis Gayette, la sorcière...

– ...Oh ! Bonsoir Gayette, c'est justement toi que je cherche : je suis un sorcier des bois. Je me suis endormi sous un bouleau une nuit de pleine lune et j'ai pris un coup de lune : depuis, je sombre dans le sommeil plusieurs fois par jour, mais jamais plus de quelques minutes. Seul un de tes baisers me délivrera de cette malédiction. »

Alors Gayette l'embrassa et... s'endormit dans ses bras !

La petite sorcière avait bien des nuits de sommeil à rattraper. Pour tous deux, le sortilège était enfin rompu. Le jeune sorcier la regarda dormir avant de s'assoupir lui aussi longuement.

À leur réveil, ils tombèrent très amoureux et, depuis, tous deux prennent garde de ne pas s'endormir sous un bouleau par une nuit de pleine lune.

Table des matières

Achevé d'imprimer en février 2010
par Tien Wah Press, à Singapour.
Dépôt légal : octobre 2009